Cicatrici

Jeanne St. James

Traduzione di
Ernesto Pavan

Traduzione italiana a cura: Ernesto Pavan
Copertina a cura: Golden Czermak at FuriousFotog

www.jeannestjames.com

Iscriviti alla newsletter per avere aggiornamenti sull'autrice e sulle nuove uscite:
www.jeannestjames.com/newslettersignup (in inglese)

Attenzione: Questo libro contiene scene esplicite, alcuni possibili fattori scatenanti e un linguaggio da adulti che potrebbe essere considerato offensivo per alcuni lettori. Questo libro è in vendita SOLO agli adulti, come definito dalle leggi del paese in cui è stato effettuato l'acquisto. Si prega di archiviare i file in modo appropriato, in modo che non possano essere consultati da lettori minorenni.

Questa è un'opera di fantasia. Qualsiasi somiglianza con persone reali, vive o morte, o con eventi reali, è puramente casuale.

Dirty Angels MC, Blue Avengers MC & Blood Fury MC are registered trademarks of Jeanne St James, Double-J Romance, Inc.

Per rimanere aggiornati sulle novità di Jeanne, collegatevi al sito www.jeannestjames.com o iscrivetevi alla sua newsletter: http://www.jeannestjames.com/ newslettersignup (in inglese)

Link d'autore: Instagram * Facebook * Goodreads Author Page * Newsletter * Jeanne's Review & Book Crew * BookBub * TikTok * YouTube

Capitolo uno

Quando Mace Walker infilò la chiave nella toppa, un immediato senso di sollievo lo colmò. Non tornava a casa da... *Porca miseria,* da una vita. Sebbene la casa fosse di sua proprietà e lui la considerasse la sua dimora, si sentì uno sconosciuto quando aprì la porta d'ingresso. Buttò le chiavi sul tavolino accanto alla porta e sospirò. Era a casa da ben trenta secondi e l'irrequietudine aveva già cominciato a divorarlo.

La casa era silenziosa e lui si chiese dove fosse sua sorella. Probabilmente dormiva, *stupido,* dato che erano... Mace lanciò un'occhiata all'orologio. L'una di notte. La maggior parte delle persone normali dormiva a quell'ora. Ma lui non era normale. Non poteva esserlo, con il suo lavoro.

D'altro canto, in quel momento lui non poteva svolgerlo, il suo lavoro. Lo avevano costretto a tornare a casa per guarire. Contro la sua volontà.

Che stronzata.

L'ingresso era buio, ma Mace non aveva bisogno di accendere la luce. Conosceva ancora bene la casa. Raggiunse le scale, dove lasciò cadere i borsoni sul pavimento e si passò una mano tra i capelli troppo lunghi.

Quei due piccoli borsoni contenevano ben poche testimonianze della sua vita nell'ultimo paio d'anni: solo qualche articolo da toeletta e il minimo indispensabile in fatto di vestiti.

Si voltò verso la cucina e l'ingresso si illuminò, accecandolo per un istante. Mace sbatté le palpebre contro la luce brusca e una voce giovane risuonò dalla sommità delle scale. "Fermo dove sei! Alza le mani e allontanati dalle scale."

Ma che cazzo?

Mace si era aspettato di vedere sua sorella scendere di corsa le scale della casa coloniale a due piani, entusiasta dato che non lo vedeva da due anni. Più precisamente, da un anno, undici mesi e quindici giorni. Non che lui avesse contato.

E invece, Mace si ritrovò a fissare nell'occhio letale di una Glock. A occhio e croce, l'arma sembrava un modello 27, calibro .40: una pistola compatta, ma di discrete dimensioni, in una mano molto piccola e molto incerta. Immediatamente, i capelli sulla sua nuca gli si rizzarono.

Porca miseria.

Aveva avuto a che fare con boss del crimine e i loro sgherri – dagli spacciatori ai pornografi – ed era riuscito a sopravvivere. E ora gli toccava morire per mano di un piccolo criminale che aveva sorpreso durante una rapina? La crudeltà dell'ironia gli fece venire voglia di ridere. Invece, Mace obbedì. Con prudenza, sollevò le mani sopra la testa prima di indietreggiare verso il centro dell'ingresso. Evitò di mettersi direttamente sotto la luce, cercando invece di vedere meglio la sommità delle scale. Ma non ebbe molto successo: il corridoio di sopra e la sezione superiore delle scale erano nascosti dalle ombre.

Se avesse giocato bene le sue carte, quel piccolo inconveniente si sarebbe risolto subito. Doveva semplicemente evitare che il ragazzino perdesse la calma e fargli credere di essere lui a comandare. La Glock non aveva una sicura convenzionale. Al ragazzino sarebbe bastato tirare il grilletto fino a quando l'intero caricatore non si fosse svuotato nel corpo di Mace. E da quel poco che lui poteva vedere nell'esigua luce a sua disposizione, le dita del ragazzino tremavano dal nervosismo.

Non era un buon segno.

Dov'era che un giovane delinquente si era procurato una pistola costosa come quella? Di sicuro non l'aveva trovata in casa. E anche se ci fosse stata una pistola in casa, sarebbe stata chiusa in un armadietto.

Se solo Mace avesse potuto scorgere la faccia del ragazzo. Aveva bisogno di vedere gli occhi, altrimenti non poteva farsi la minima idea di quali potessero essere le intenzioni del ragazzino.

"Non provare a muoverti o ti faccio saltare la testa!" La voce del ragazzino si alzò di un'ottava, facendolo suonare molto più... femminile.

Mace si irrigidì quando la persona cominciò a scendere i gradini. All'inizio vide piedi nudi, un polpaccio snello e poi un altro. Il suo sguardo corse alla pistola prima di tornare alle cosce nude e ben tornite che non appartenevano certo a un ragazzino. Decisamente no. Quelle gambe lisce erano sicuramente quelle di una donna e lui non vedeva l'ora di vedere il resto.

Fino a quel momento, lo spettacolo valeva quasi la minaccia armata. Quasi.

Si sentì stranamente deluso quando la maglia molto larga di un pigiama – *Con SpongeBob, cazzo?* – gli bloccò la visuale sulla pelle lattea. Aveva le braccia stanche, la gamba che pulsava dolorosamente e la pazienza in via di esaurimento.

Ma non aveva intenzione di muoversi, dato che non aveva idea di chi fosse la donna che stava scendendo le scale. Si incuriosì quando questa emerse alla luce, che mise in evidenza i suoi lunghi capelli rossi e ricci e fece luccicare e brillare due grandi e vistosi occhi verdi.

Un fulmine attraversò Mace e atterrò nel suo inguine. Non furono la paura o il dolore a fargli succhiare il fiato. No, a quello pensarono i seni liberi che ondeggiavano sotto la maglia di cotone a ogni passo. I capezzoli si stagliavano come due fari sotto il cotone liso.

Cristo.

Mace dovette schiarirsi la voce due volte prima di poterle chiedere: "Sei venuta a fare una rapina vestita in quel modo?"

Seriamente: se non fosse stato per la pistola puntata al centro del suo corpo, non avrebbe preso la situazione sul serio.

Quando la donna esitò a metà delle scale, un'espressione di incertezza le attraversò il volto prima di svanire rapidamente com'era comparsa. I suoi occhi si strinsero e lei lo guardò storto. "Una rapina? La vera domanda è: cosa ci fai tu qui?"

La gamba di Mace ricominciò a pulsare come aveva fatto durante il lungo viaggio in auto. Anche se lui preferiva sentire dolore piuttosto che non sentire niente. Era contento di avere ancora la gamba. Perdiana, era fortunato a essere vivo.

Beh, almeno per il momento. Non ci sarebbe voluto molto per cambiare la situazione.

"Ci vivo."

La donna si incupì, congiungendo le sopracciglia. Non c'era da stupirsi che non gli credesse.

"Posso abbassare le braccia, adesso?" Le mani di Mace erano strettamente chiuse a pugno sopra la testa e lui lottava non solo contro il dolore, ma anche contro l'impulso ad abbassarle per massaggiarsi la coscia.

"No! Non muoverti! Chiamo la polizia. Indietro." La donna agitò la pistola nella sua direzione.

Mace non si mosse. Invece, esalò un sospiro lungo, molto rumoroso e impaziente.

"Indietro, ho detto! Oppure sparo."

"Non sarebbe la prima volta," disse sarcastico Mace.

La rossa lo guardò stupita. I suoi piedi vacillarono sull'ultimo gradino. "Cosa?"

"Mi hanno già sparato in passato. Fai pure. A quanto pare, ho nove vite." Mace cercò di non sogghignare. Provocare una donna armata non era una cosa intelligente. L'esperienza, di cui lui aveva abbondanza, glielo aveva insegnato.

La donna aggiustò la presa sulla pistola e le sue nocche sbiancarono ancora di più. "Beh, la tua fortuna si è esaurita, stronzo."

Stronzo? Accidenti, che roba. Lui non aveva fatto nulla per guadagnarsi insulti del genere. "Che cos'hai nel caricatore?" La donna lanciò un'occhiata alla pistola; uno sguardo brevissimo, ma lui lo colse. "Hai mai sparato a qualcuno? Hai mai *visto* sparare a qualcuno? Tranne che in televisione o in un film, naturalmente. È un bel macello."

Il braccio che reggeva l'arma nera e leggera tremò.

"Hai mai sentito il detto 'Non tirarla fuori se non hai intenzione di usarla?' Se decidi di usarla, assicurati di impugnarla con entrambe le mani. Assicurati di uccidermi, non solo di ferirmi." Mace si batté il palmo sul petto. "Due colpi. Qui. Al centro del corpo. Se vuoi farlo, fallo bene."

"*Sta' zitto!*"

Mace obbedì.

La donna mise la mano libera sotto il calcio della pistola per sostenerla. Almeno sembrava aperta ai suggerimenti.

Tuttavia, le parole di Mace l'avevano innervosita e lui preferiva evitare che tirasse il grilletto per errore. Non importava che genere di munizioni avesse in quel caricatore: tutti proiettili tendevano a fare male. Si accigliò.

"Sdraiati per terra! Metti le mani dietro la nuca! Subito!"

Cristo, la stronza cominciava a diventare fastidiosa. Ma a quel punto, era abbastanza vicino da ucciderlo anche nel caso avesse mirato male. Mace aveva scherzato a sufficienza. Esausto, non voleva altro che andarsene a dormire nel suo letto, nella sua casa.

Mace valutò la distanza. "Non posso." Aveva solo bisogno di fare qualche passo avanti. La donna agitò la pistola con noncuranza, avanzando il piede sinistro. "Fallo!"

Ancora un passo...

"Faccio fatica a inginocchiarmi. Ho una gamba malridotta." Che avesse una gamba malridotta era vero, ma che facesse fatica a inginocchiarsi era un po' esagerato. D'altra parte, lui non si faceva problemi a mentire quando qualcuno lo teneva sotto tiro. A volte, le menzogne erano più facili della verità. Anche di quello lui era molto esperto.

"Per via di tutte quelle volte che ti hanno sparato, eh?"

"A dire il vero, sì."

"A terra o ridipingo l'ingresso con le tue cervella." Quelle parole pronunciate lentamente, a denti stretti, gli fecero pensare che forse la donna faceva sul serio. Il piede destro di lei avanzò per mantenere l'equilibrio.

Ecco l'occasione.

Mace scattò. Colpì il braccio teso della donna con un pugno, strappandole un brusco grido di dolore. La pistola cadde, scivolò sul pavimento, e lei si afferrò il polso leso. Mace agguantò entrambe le braccia che si agitavano per i polsi e spinse la donna all'indietro. Quando lei ricadde sulle scale, i suoi polmoni si svuotarono e la sua testa mancò il bordo di un gradino per un centimetro scarso. Mace piantò le ginocchia all'esterno delle cosce nude della donna, immobilizzandole.

Mace fissò la donna intrappolata sotto di lui. Il suo peso la schiacciava contro la moquette dei gradini. E non gliene importava. Lui soffriva, per cui perché non avrebbe dovuto farlo anche lei?

"Oh Dio, ti prego. Non..." Bisbigliò la donna, la voce rotta. Con gli occhi spalancati, affondò i denti nel proprio labbro inferiore.

Mace si acciglio. "Cos'è che non devo fare? Farti del male? Dopo che mi hai puntato una pistola alla testa, non vuoi che io ti faccia del male?"

La giugulare del collo delicato pulsava come se volesse scappare.

"Se... se te ne vai subito, non chiamerò la polizia. Mi dimenticherò che questa cosa sia successa."

Bugiarda. Alla prima occasione, la sua assalitrice avrebbe preso il telefono più vicino e avrebbe chiamato il 911.

Mace non provava alcuna compassione per il disagio della donna, dato che lui stesso ne provava un pochino. Anzi, parecchio. I muscoli della gamba gli bruciavano tremendamente. "Se chiamerai la polizia, l'unica persona che porteranno via sarai tu."

La donna si contorse sotto di lui, strappandogli un sussulto di dolore. Mace strinse i denti per evitare di genere rumorosamente. Non sarebbe stato un gemito di piacere. Per niente. Ed era un peccato. Era da un pezzo che non andava con una bella ragazza come quella che aveva sotto. Avrebbe dovuto sistemare la questione, e presto. Ma al momento, aveva un problema da affrontare e quel problema continuava ad agitarsi. Lui non si sentiva particolarmente compassionevole, ma avrebbe dovuto permetterle di rialzarsi. Per il proprio bene.

Mace si alzò, sollevando la donna con sé, badando a non liberarle i polsi. Si angolò leggermente lontano da lei, scongiurando che gomiti o ginocchia potessero colpirlo in punti delicati. Soffriva già abbastanza.

"Chi sei e cosa ci fai qui?"

"Potrei chiederti le stesse cose." La donna esalò rumorosamente, riprendendo visibilmente il controllo.

Scuotendo la testa, Mace accentuò la presa sui suoi polsi, per ricordarle che la situazione era cambiata. "No. Adesso comando io. A meno che tu non voglia che ti trascinino fuori da qui in manette, farai meglio a rispondere alle mie cazzo di domande."

"Non ho intenzione di dire a un... a un *criminale* chi sono."

Se la situazione non fosse stata così seria, Mace si sarebbe messo a ridere. "Io non sono un criminale."

Lei lo guardò con aria scettica attraverso la lunga criniera di capelli rossi che le ricadeva sul viso. "D'accordo. Allora chi sei?"

Mace si lasciò sfuggire un altro sospiro impaziente. Forse avrebbe dovuto chiudere gli occhi e contare fino a dieci... *Nah, col cazzo.* "Te l'ho già detto: io vivo qui. Smettila di prendermi in giro. Rispondi alle mie domande."

"Non ti sto prendendo in giro. Chiama pure la polizia." La donna appiattì le labbra e inclinò il mento verso il soffitto.

Cristo, era proprio testarda. Mace avrebbe dovuto usare un'altra strategia per convincerla a parlare? Stava provando a essere ragionevole, ma le opzioni a sua disposizione erano limitate. Non voleva coinvolgere la polizia locale. Non se poteva evitarlo. E non era necessario farlo: se non fosse stato in grado di affrontare da solo una donna dal culo piatto, avrebbe dovuto rassegnare le dimissioni.

Anzi, probabilmente la donna non aveva il culo piatto. Magari aveva un bel posteriore che si abbinava all'ottima carrozzeria frontale. Non gli sarebbe dispiaciuto dare un'occhiata, tanto per stare sicuro. Adorava le donne sviluppate in maniera armoniosa: tette e culo.

"Se non mi dici chi sei e cosa ci fai qui, ti strapperò di dosso quella magliettina e tutto il resto di quello che indossi... che probabilmente non è molto." Mace passò un'altra occhiata sul corpicino lungo, morbido, bollente di lei. *Cazzo.* Era trascorso troppo tempo. Il suo membro era già a mezz'asta al solo immaginarla nuda.

La sua minaccia era vuota, ma quel poco di colorito che la donna aveva in viso svanì.

Il suo labbro inferiore tremò e i suoi occhi si spalancarono. "Vuoi violentarmi?"

Occazzo. No. Nonononononono!

Assolutamente no. Ma avrebbe potuto lasciare la minaccia in sospeso fra di loro, se essa poteva spingerla a parlare. Ma non chiarire l'equivoco lo fece sentire un grandissimo pezzo di merda.

E quando lui rimase in silenzio, lei fece lo stesso.

Mace non riusciva a crederci. La donna non voleva proprio saperne di parlare. Lui le afferrò entrambi i polsi in una mano e con l'altra cominciò a sollevarle lentamente l'orlo della maglia del pigiama, scoprendo mutandine rosa. *Accipicchia.* Il suo membro ora era completamente sull'attenti e, sfortunatamente, si ritrovava in una posizione scomoda. Ma lui non aveva la minima intenzione di sistemarselo e rivelare che razza di infoiato era.

Prima che potesse sollevare il morbido cotone sopra il ventre della donna – *Accidenti, che bella farfallina* – lei allontanò di scatto il bacino da lui e il suo volto riprese pienamente colore.

"Va bene, va bene! Mi chiamo Colby Parks." La donna chiuse gli occhi in un gesto che sapeva di sconfitta.

Sospirando, Mace lasciò andare con riluttanza la maglia del pigiama, soppresse un leggero rammarico e guardò il tessuto impigliarsi sul fianco. Per un attimo, rimpianse che lei non fosse stata più cocciuta, dato che palesemente non indossava il reggiseno. Gli sarebbe piaciuto vedere cosa c'era sotto quel ridicolo personaggio da cartone animato. Si diede uno scossone mentale.

"Colby Parks? È il tuo vero nome?"

"Sì," rispose lei, agitando la testa per allontanare i capelli dal viso.

Una spruzzata di lentiggini le attraversava il naso. Mace sapeva che non era il caso di farsi distrarre da una cosa tanto semplice come le lentiggini. Ma non riusciva a non chiedersi dove altro lei ce le avesse. D'accordo, doveva concentrarsi. Quella donna gli aveva puntato una pistola contro. Con il mestiere che faceva, lui non poteva permettersi di distrarsi. "Deve esserlo per forza. Chi mai si inventerebbe un nome così? Cosa ci fai qui?"

"Guardo la casa."

"Come no." Mace ridacchiò. "Non lo fai molto bene, direi." Il buonumore lasciò rapidamente spazio a una serietà letale. Avvicinò il viso a quello di lei. Il suo tentativo di intimidirla fallì ancora una volta quando il respiro sommesso della donna, che usciva rapido attraverso quelle labbra piene e schiuse, lo distrasse. Per un momento. O due. "Chi ti ha assunto?"

Gli occhi verdi di Colby Parks gli lanciavano pugnalate. Ecco da dove veniva il detto "se gli sguardi potessero uccidere."

"Se tu vivessi davvero qui, lo sapresti!"

Mace accentuò la presa sui polsi di Colby. Strinse gli occhi mentre borbottava: "Signora, non sto scherzando. Rispondi alla dannata domanda."

La donna esitò per un istante prima che Mace vedesse la rassegnazione attraversarle il viso. Accidenti, era un po' deluso che si fosse arresa così facilmente. Gli piaceva la sua focosità... Anzi, gli piaceva molto.

"Maxi... Maxine Walker."

Ah, ecco perché la sorella di Mace non gli era venuta incontro. Era fuori città e aveva assunto la piccola vedetta prussiana perché tenesse d'occhio la casa.

Mace la lasciò andare senza preavviso e Colby si allontanò barcollando e sfregandosi i polsi, per poi voltarsi e correre in cucina. Mace la seguì a ruota, assicurandosi di rimanere frapposto fra lei e la pistola. Naturalmente, la donna fece esattamente quello che lui si era aspettato. Mace abbassò l'interruttore a gancio del telefono mentre lei digitava disperatamente. Mentre teneva abbassato l'interruttore, osservò rapidamente la zona alla ricerca di telefoni cellulari. Dubitava che Colby ne avesse uno nelle mutande.

"Evita pure di chiamare la polizia. Potrebbe non finire bene per te."

Colby si stringeva la cornetta al petto come se fosse la sua ancora di salvezza. Lo fissò con gli occhi spalancati. La pressione della cornetta contro il cotone sottile e liso non faceva che sottolineare ciò che lui faticava a non notare e che non voleva ammettere di aver notato. Mace si voltò, raccolse la pistola, se la infilò nella tasca della giacca e zoppicò fino al tavolo della cucina.

Gemendo, si lasciò lentamente cadere su una dura sedia di legno e si passò una mano fra i capelli. "Io sono Mace Walker. Il fratello di Maxi." Non fece lo sforzo di guardare

Colby. Sperava che, a quel punto, lei avrebbe fatto la scelta giusta.

La cornetta ricadde rumorosamente sulla sua base alle spalle di Mace. E così, ci aveva visto giusto. Che fortuna. Si massaggiò la coscia destra, stringendo i denti per contrastare il dolore.

"Il fratello di Maxi." Un sussurro giunse da dietro le spalle di Mace, ma un istante dopo la donna gli apparve davanti, con le mani piantate sui fianchi e gli occhi stretti. "Lei non ha un fratello."

Mace guardò il cotone ammucchiato attorno alla vita, cercando di ignorare – ma fallendo miseramente – che l'orlo della maglia era ora storto, lasciando quasi scoperte le mutandine rosa. Che probabilmente avevano un profumo dolcissimo. Mace si massaggiò più intensamente la coscia.

"Beh, in tal caso io non sono altro che un frutto della tua immaginazione."

La donna gli lanciò un'occhiata incredula. "Conosco Maxi da più di un anno e lei non ha mai detto di avere un fratello. E di sicuro non mi aveva detto che lui sarebbe venuto a trovarla."

Colby rimase immobile per un momento e parve meditare sul da farsi. Sospirando esasperata, tirò indietro la sedia di fronte a Mace. E dopo essersi abbassata bruscamente l'orlo della camicia da notte, vi si sedette. L'abbassamento, un triste tentativo di coprire il lungo stacco di coscia, coprì il piccolo e dolce pacchetto avvolto nel tessuto rosa.

D'accordo, concentrati, porca miseria.

"Lei non dice mai a nessuno di avere un fratello, in modo che nessuno faccia domande." Mace si alzò e lasciò la cucina, tornando poco dopo con un flacone di pillole. Assicurandosi che Colby stesse prestando attenzione, tirò fuori la pistola dalla tasca, rimosse il caricatore ed espulse la cartuccia nella camera di scoppio. Un brivido gli percorse la spina dorsale quando il proiettile a punta cava rotolò sul tavolo della cucina. *Quella donna avrebbe potuto sparargli davvero.* Lanciò la pistola vuota in grembo a Colby, facendola sobbalzare. Ti pareva se una donna non era più pericolosa della mafia. *Cazzo.*

"Spero che tu abbia la licenza per quella roba." Mace si infilò il caricatore nella tasca della giacca e andò a prendere un bicchiere in credenza.

Il sollievo lo travolse quando trovò il bicchiere nella stessa credenza dopo quasi due anni. Aveva avuto orribili visioni di sorella che prendeva possesso della casa e la ridecorava in maniera dissennata. Fortunatamente, Maxi aveva avuto il buonsenso di lasciare le cose com'erano.

Quando si recò al lavandino, si rese conto di essersi sbagliato. Maxi aveva cambiato qualcosa. Si acciglió alla vista della paperella di ceramica gialla con un nastro blu legato attorno al collo che conteneva una spugna. Quella doveva sparire.

Dopo aver riempito il bicchiere con acqua fresca di rubinetto, Mace inghiottì una pastiglia e bevve un sorso. Ripensandoci, prese un'altra pastiglia. Si sedette nuovamente di fronte a Colby, osservandola mentre aspettava che gli antidolorifici cominciassero a fare effetto. La donna aveva la bocca premuta in una linea sottile – peccato per quelle labbra piene – e lui riusciva a vedere gli ingranaggi che le giravano nella testa.

"Perché Maxi non dovrebbe voler far sapere che ha un fratello? Sei stato in prigione?" Le sue sopracciglia si sollevarono. "Sei evaso?"

Mace scosse la testa e non riuscì a trattenere un sorriso. La donna stava sicuramente scherzando. "Sì, sono evaso di prigione e tu sei mio ostaggio. Devi fare quello che ti dico. Spogliati e sdraiati sul tavolo."

Mace attese una reazione. Niente. Stava perdendo smalto.

Colby sembrava fredda come il ghiaccio. Nemmeno l'ombra di un sorriso. "Voglio vedere una qualche prova della tua identità."

Devono avertela fatta grossa se sei sfiduciata al punto da metterti a interrogare il fratello di un'amica. Oh, e da girare armata. Meglio non dimenticarlo. Ma onestamente, Mace non la biasimava. Lui sarebbe stato altrettanto prudente e sospettoso nei suoi panni... quei pochi che erano, si corresse dopo ultima occhiata.

"Sapere dove stavano i bicchieri non è una prova sufficiente?"

"Non prendermi in giro. Voglio vedere un documento."

La sua determinazione lo affascinò. Così come tutto il resto. Non capitava tutti i giorni di incontrare una donna come lei: volitiva, che non temeva le armi da fuoco ed era un bel pezzo di ragazza... per di più rossa, con gli occhi verdi e le lentiggini. Colby gli ricordava una di quelle maestrine severe che la sera ci davano dentro.

Poteva darsi che fosse un'allupata, dietro a quella facciata cocciuta. Il suo genere di donna. Mace sorrise. La sua mente tornò alla loro conversazione e lui si rese conto che la donna attendeva una risposta. "Un documento? Come il tesserino della prigione con la foto segnaletica e il numero?"

"Va bene un documento qualsiasi."

"Scusami: l'ho lasciato in cella prima di scalare le mura. Dovevo viaggiare leggero. C'è una nuotata bella lunga da Alcatraz alla terraferma." Sfortunatamente, la donna non sembrava apprezzare il suo senso dell'umorismo asciutto. Il dolore alla gamba si attenuò lentamente e lui esalò un sospiro di soddisfazione. Ma il suo sollievo ebbe vita breve, dato che ora, per qualche motivo, gli era venuto mal di testa. Lanciò un'occhiata alla casa. "A proposito, dov'è la mia cara sorella?"

"Via."

"Grazie al... Non avrebbe avuto bisogno di qualcuno che le guardasse la casa se fosse semplicemente andata a un appuntamento."

"È in luna di miele."

Mace raddrizzò la schiena e strinse gli occhi. "È in luna di miele?" Cercò di leggere l'espressione della donna, ma essa era inesistente. Era come guardare un sasso.

"Sì. Hai presente quel viaggio che si fa dopo il matrimonio?"

Mace ignorò la battuta. L'umorismo della donna non era migliore del suo. "Si è sposata? Con chi? Quando? Dov'è andata?"

Colby si appoggiò allo schienale della sedia e incrociò le braccia. Mace avrebbe voluto protestare, perché così non vedeva più i sassolini duri dei capezzoli attraverso la camicia da notte.

"Come fai a non saperlo, se sei suo fratello? Perché non eri al matrimonio? Avete litigato oppure eri davvero in prigione?"

"Nessuna delle due cose. Siamo stati separati dalla necessità." La spiegazione, vaghissima, suonava poco convincente persino alle orecchie di Mace.

"Separati dalla necessità," disse lentamente la donna, rotolandosi le parole nella bocca come se ne sentisse il sapore. "E quanto è durata questa cosiddetta separazione?"

"Non lo so." Certo che lo sapeva. Ma dirlo ad alta voce lo faceva suonare peggiore. "Due anni," borbottò.

"Due anni," ripeté accigliata la donna. "Allora mi sa che

ti tocca aspettare che torni. Non credo di poterti raccontare faccende personali se non te ne ha parlato lei stessa."

Con un sospiro stanco, Mace si sfregò gli occhi. Troppo stanco per discutere, disse: "E quando tornerà?"

"Fra due mesi."

Mace imprecò sommessamente. Due mesi? Che razza di luna di miele durava due mesi? "Forse non riuscirò a fermarmi così a lungo."

"Non ti fermerai per niente. Nessuno mi ha detto di accogliere ospiti in sua assenza. Dovrei andare a nasconderti da qualche altra parte."

Mace inarcò un sopracciglio con stupore. *Col. Cazzo.* "Detesto dirtelo, ma la casa è mia."

Sorrise quando Colby si irrigidì sulla sedia e le sue mani atterrarono nuovamente in grembo.

COLBY SI ALZÒ in piedi e posò la pistola sul tavolo, osservando l'uomo che aveva di fronte. La sola presenza di Mace Walker era bastata a scuoterla, inizialmente, ma ora, emozioni contrastanti la trascinavano in due direzioni diverse. L'uomo aveva detto di essere il fratello di Maxi. Che la casa apparteneva a lui, non a lei. Perché Maxi non gliel'o aveva detto? Colby poteva fidarsi di lui? L'uomo non sembrava molto affidabile.

I suoi occhi intensamente scuri, quasi neri, e il suo volto non rasato la turbavano. I suoi abiti scuri avevano un che di sospetto e la sua enorme giacca di pelle era grande a sufficienza per nascondere delle cose. Il fatto che si era intrufolato in casa dopo il calare del sole lo rendeva ancora più sospetto. Forse Colby avrebbe dovuto chiamare comunque la polizia. Anche se l'uomo mostrava effettivamente una somiglianza con Maxi, pur essendo più robusto e mascolino.

"Voglio comunque vedere un documento," ripeté Colby, più fermamente questa volta.

Brontolando, l'uomo tirò fuori il portafogli e lo aprì. Un tesserino era infilato nella tasca di plastica trasparente anteriore, ma lui non lo rimosse e lei non poteva vederlo chiaramente da dove si trovava. Invece, l'uomo frugò fino a trovare qualcosa di specifico.

Le porse una vecchia patente scaduta, nella quale aveva un aspetto molto più giovane... e un'espressione spensierata. Non c'erano rughe di espressione a segnare il volto dell'uomo che la guardava dalla fotografia, ma il documento dichiarava che costui era Macen Jeffrey Walker e l'indirizzo di residenza era proprio quello della casa.

"Ma come? Non rinnovi la patente da quando avevi..." Colby lanciò un'occhiata alla data. "Diciott'anni? Sei stato in galera così a lungo?" Fece un rapido calcolo. L'uomo doveva avere trentasei anni. Anche se ora lei dubitava seriamente che fosse mai stato in prigione, voleva ripagarlo per la paura che le aveva fatto prima. Era giusto.

"No. Non con il mio vero nome sopra."

"Ah. E che lavoro fai, signor Walker, per non aver visto o parlato con tua sorella da due anni, per non avere una patente valida con il tuo vero nome sopra e doverti intrufolare in casa tua di notte?" Colby gli lanciò la patente. Non vedeva l'ora di ascoltare la spiegazione. E voleva tanto vedere il documento più recente che l'uomo si rifiutava di tirare fuori dal portafogli. Che cosa le stava nascondendo?

L'uomo afferrò la patente al volo e la rimise con calma nel portafogli prima di risponderle. "Un po' di tutto. Sai, viaggio molto."

"No, non lo so."

"Peccato, Colby."

Lei non sapeva esattamente cosa intendesse. Ma una cosa

era certa: sentire il suo nome sulle labbra dell'uomo la disturbava, per più motivi di quelli che lei era disposta ad ammettere. "No, io non credo. Il tuo lavoro non ha nulla a che fare con la fabbricazione di targhe false, vero?"

"Diciamo così. In un certo senso, mi occupo delle assunzioni." Mace si sollevò rigidamente dalla sedia e si passò le lunghe dita fra i capelli color caffè, il genere di caffè che probabilmente beveva. Nero e forte. "Beh, io sono a pezzi. Vado a letto."

"Aspetta..." Colby lo seguì all'ingresso e vide due borsoni posati vicino alle scale. Nella concitazione di prima, non li aveva notati. "Continuo a non credere che questa sia una buona idea."

Mentre l'uomo si chinava a raccogliere i borsoni, la sua mano strinse con forza il corrimano, così forte che lei non si sarebbe stupita se le dita avessero lasciato dei segni nel legno.

"Onestamente, non mi interessa quello che pensi. Sono stanco. Questa è casa mia. E io adesso me ne vado nel mio letto. Questi sono i fatti. Fatteli andare bene o vattene."

Era palese che l'uomo faticava a mantenere un'espressione neutra. Il solo salire i gradini gli faceva stringere le labbra fino a sbiancarle.

Ma non poteva semplicemente andarsene così. Colby doveva restare? Doveva andarsene? E se lui voleva che lei se ne andasse, Colby doveva farlo subito o in mattinata? Lo seguì su per i gradini. Decise di metterlo alla prova. "Se per te va bene, domani mattina prenderò le mie cose."

Mace si fermò di colpo in cima alle scale prima di voltarsi a torreggiare su di lei. Colby si immobilizzò, aggrappandosi istintivamente al corrimano per non perdere l'equilibrio.

"Non sei costretta ad andartene. Dato che Maxi ti ha assunta, puoi restare e finire il lavoro. Non so quanto mi fermerò. Non vorrei dover cercare un'altra persona senza preavviso quando ce n'è già una."

Colby avrebbe voluto collassare per il sollievo. Non aveva un altro posto dove andare: la casa che stava ristrutturando non sarebbe stata abitabile per almeno altri due mesi. Era per quello che era tanto grata che Maxi le avesse lasciato guardare la casa. Il tempismo era stato perfetto... con l'eccezione di quel piccolo intoppo.

"Piccolo" non era la parola giusta per descrivere l'uomo. Doveva essere alto un metro e novanta, stivali compresi. Colby era sicura che la giacca lo facesse sembrare più robusto di quello che era davvero. Ma aveva le gambe lunghe e snelle, soprattutto fasciate com'erano da quei blue-jeans peccaminosamente aderenti e strappati. Accidenti, lei apprezzava gli uomini con un bel sedere e i jeans della misura giusta.

Mace si voltò all'improvviso per proseguire lungo il corridoio. Forse non gli piaceva che le donne lo fissassero. Ma era giusto così, dopo che con lo sguardo le aveva praticamente bruciato la pelle nuda.

Colby lo seguì fino alla fine del corridoio, mantenendo la distanza quando l'uomo tirò fuori un mazzo di chiavi e ne inserì una nella prima porta sulla sinistra. Colby si era chiesta perché la stanza di fronte alla sua fosse chiusa a chiave e aveva persino cercato di aprirla, un giorno mentre passava l'aspirapolvere. La stanza di Maxi era più in là e Colby dormiva in una delle camere per gli ospiti.

Ora, tutto aveva senso. La stanza segreta del fratello segreto.

Colby cercò di guardare oltre l'uomo quando questi spalancò la porta, ma vide solo la polvere sollevarsi alle sue spalle quando lui accese la luce. Avrebbe voluto seguirlo per vedere il luogo proibito, ma lui le bloccò la visuale e la strada quando si voltò verso di lei.

"Beh, buonanotte."

Colby allungò una mano per evitare che la porta le sbattesse in faccia. Mostrò la pistola vuota all'uomo. "E il caricatore?"

Mace si accigliò. "Lo riavrai quando mi dimostrerai che sai maneggiare e utilizzare quell'arnese. Vai a letto." Ciò detto, sbatté la porta.

Colby rimase per qualche momento a fissare la porta chiusa con un pugno piantato sul fianco. Ascoltò il frusciare sommesso e si chiese cosa stesse facendo l'uomo. *Probabilmente si sta preparando per andare a letto, genio.*

L'indomani, Colby avrebbe avuto il tempo di cercare qualche informazione su di lui. In quel momento, avrebbe accettato il suo consiglio e sarebbe andata a letto.

Tornata alla sua stanza, mise la pistola sul comodino in modo da averla a portata di mano. L'uomo poteva anche averle restituito una pistola vuota, ma...

Sorrise mentre apriva il cassetto del comodino. All'interno c'era un altro caricatore. Assieme a due scatole piene di munizioni.

MACE BUTTÒ i borsoni sul letto e vi si lasciò cadere accanto. Passò una mano nei capelli già arruffati mentre esalava un lungo sospiro sollevato. Osservò la stanza padronale. I mobili erano coperti da uno strato di polvere, alcune foto incorniciate dei suoi genitori defunti e di sua sorella erano sparse per la stanza e la sua sveglia non era più stata resettata dopo l'ultima volta che era saltata la corrente. Sullo schermo lampeggiavano incessantemente le 12:00. Mace lanciò un'occhiata all'orologio. Erano quasi le due e mezza. Accidenti.

Ma era a casa. *Davvero a casa.* Non in qualche strano

motel di qualche cittadina sconosciuta, circondato da persone che non potevano essere classificate come esseri umani.

Era stufo della vita cittadina: il rumore, la fretta e lo stato di vigilanza costante. Buona parte della tensione nel suo corpo si era sciolta nel momento in cui era entrato a Malvern. Era un posto diverso, più rilassato, e pur essendo una grande cittadina universitaria, la sua popolazione era solo una frazione di quella di New York City.

Ma Mace era deluso. Aveva atteso con ansia di trascorrere del tempo con sua sorella, l'unica persona che lo capiva davvero. Una persona con cui lui poteva essere del tutto sincero.

Avrebbe voluto esporle la sua situazione, chiederle qualche consiglio. Anzi, parecchi consigli. Doveva capire cosa fare della sua vita. Ma ora avrebbe dovuto aspettare... aspettare di stare vicino a una persona che gli voleva bene per quello che era davvero.

Non che gli voleva bene o lo odiava per quello che fingeva di essere.

Non sapeva quanto a lungo avrebbe resistito facendo quello che faceva. Il lavoro gli era costato. Trascorrere tempo con persone che lo disgustavano e di cui non poteva fidarsi lo esasperava. Era stufo di dover imparare precisamente a memoria i dettagli di una vita immaginaria; stufo di un'esistenza nella quale una singola svista poteva costare la sua vita o quella di un collega.

Si massaggiò la coscia. L'ultimo incarico era stato devastante, tanto dal punto di vista emotivo quanto da quello fisico. Ora, Mace aveva solo bisogno di tempo.

Tempo per dimenticare.

Tempo per guarire.

Pensò alla rossa nella stanza di fronte. Avvertì una fitta di senso di colpa per il modo brusco in cui l'aveva trattata.

D'altra parte, era difficile essere gentili quando qualcuno ti minacciava con un'arma carica. Anche se doveva ammettere che lei lo aveva colpito con il suo fegato e la sua determinazione, che fossero reali o una semplice recita per nascondere la paura.

Mace aveva pensato che il tempo trascorso a casa sarebbe stato noioso. Spento. Privo di eventi. Colby Parks poteva aver cambiato la situazione.

Capitolo due

Colby smosse le uova nella padella, strapazzandole.

Era esausta: aveva dormito pochissimo la notte prima, troppo impegnata ad ascoltare ogni singolo scricchiolio nel buio. Tutte le volte che le era sembrato di udire un rumore di passi, si era raddrizzata nel letto e aveva allungato la mano verso la pistola. Alla fine non era successo niente e quella mattina lei si sentiva un'idiota. Una grandissima idiota.

Essendo sabato, il consueto piano di andare alla casa per verificare lo stato della ristrutturazione era l'unico punto del suo programma.

Dato che aveva investito i risparmi di una vita nella vecchia casa, doveva assicurarsi che tutto filasse liscio. E poi, voleva finire di tinteggiare la cucina.

Gli armadietti erano finiti, ma le pareti erano solo stuccate e imbiancate, pronte a essere rifinite. Colby sperava che il colore giallo che aveva scelto avrebbe aiutato a rallegrare quella stanza così triste. Non era sicura. L'unica cosa di cui era sicura era che faceva schifo come decoratrice. Ma non poteva permettersi di assumere–

"Mmm. Che buon profumo. Ce n'è abbastanza per due?"

La spatola cadde nella padella, scagliando pezzetti di uovo sui fornelli. Colby trasse due respiri profondi per provare a rallentare il battito del cuore prima di recuperare l'utensile e voltarsi a fronteggiare l'intruso.

Il motivo per cui lei aveva chiuso occhio sì e no un minuto la notte prima entrò nella piccola cucina, allontanandosi i capelli leggermente umidi dal viso. L'uomo indossava una vecchia maglietta nera lisa e pantaloni della tuta neri. Da quando un paio di pantaloni della tuta sgangherati avevano un aspetto sexy? E Mace era a piedi nudi, le dita lunghe che si muovevano sul freddo pavimento di linoleum.

"Certo."

L'uomo sembrava a casa sua mentre prendeva il succo di pompelmo appena spremuto che Colby aveva messo in tavola e si versava un bicchiere. Beh, era giusto, dato che era davvero a casa sua. Che lei gradisse o meno.

"Hai dormito bene?"

"Naturalmente," mentì lei. Coprì una risatina con la mano quando l'uomo emise un verso disgustato dopo il primo sorso. Il succo era un po' amaro e lei lo preferiva così. Era uno dei motivi per cui lo spremeva da sola.

Mace si asciugò la bocca con il polso. "Diamine. C'è del caffè?"

Colby scosse la testa. "Non lo bevo."

L'uomo inarcò un sopracciglio. "Davvero? Quale persona sana di mente non beve caffè?" Cominciò a frugare per la cucina, aprendo armadietti fino a quando non trovò una vecchia macchina per il caffè tutta macchiata. La tirò fuori, fece un po' di spazio sul piano di lavoro e inserì la spina.

"Cerco di mangiare sano," spiegò Colby.

Non poté fare a meno di notare che anche l'uomo aveva un aspetto decisamente sano, quella mattina. E, alla luce del giorno, anche molto appetitoso. La maglietta di cotone si aggrappava alle spalle larghe e alle curve del petto, accentuando i pettorali cesellati. Mentre cercava fra i cassetti, ogni piccolo movimento fletteva i bicipiti sotto le maniche aderenti della maglietta. L'uomo era muscoloso, ma snello, non gonfio di muscoli come un culturista. Quei dettagli non erano stati visibili la notte prima, quando lui indossava quella giacca ingombrante. Colby riportò l'attenzione alla padella prima che lui la vedesse sbavare.

Mace tirò fuori dei filtri da un cassetto e poi andò al frigorifero. Imprecò a bassa voce e chiuse lo sportello sbattendolo. "Non c'è caffè! Pensavo che mia sorella ne avesse." All'improvviso comparve alle spalle di Colby, sbirciando nella padella da dietro le sue spalle. "Credevo che le uova facessero male."

Il profumo del sapone fresco che le raggiunse il naso, mescolato al calore del corpo vicino dell'uomo, le accelerò il respiro. Sebbene Mace non si fosse rasato quella mattina, alla luce del giorno somigliava molto meno al criminale per cui lei lo aveva scambiato la sera prima.

A meno che avere un aspetto così bello non fosse un crimine.

"Solo se ne mangi molte. Un paio alla settimana non ti uccidono. Sono ricche di proteine." Colby tirò fuori una pagnotta di pane multicereali dal portapane.

"Buono a sapersi. Credo di essere più preoccupato che tu mi spari con la tua pistola piuttosto che un paio di uova mi otturino le arterie."

Una sedia grattò il pavimento alle spalle di Colby.

"A proposito, anch'io ho dormito bene. È stato bello stare nel mio letto," disse Mace.

"Già, scommetto che le brande della prigione non sono molto comode."

Colby udì un gemito svogliato. "Ancora? Quand'è che la smetterai con le battute sulla prigione?"

Colby si strinse nelle spalle e trattenne un sorriso mentre infilava quattro fette di pane nel tostapane. "Quando le avrò finite."

Si ripulì l'espressione dall'ilarità prima di voltarsi. Seduto al tavolo, l'uomo la stava osservando... probabilmente chiedendosi perché fosse vestita da muratrice. Indossava una salopette di denim sopra una semplice maglietta bianca con le ampie maniche corte arrotolate. Nemmeno gli ingombranti stivali con la punta d'acciaio che indossava erano molto femminili. Di sicuro Colby non aveva un aspetto sexy, ma lo sguardo accalorato dell'uomo diceva altrimenti.

"Fai la manovale?"

"Diciamo così," rispose lei, riecheggiando l'equivoco della sera prima. Mise sul tavolo un panetto di burro irlandese.

"È un peccato raccogliere quei tuoi capelli."

Colby gli era abbastanza vicina da permettergli di tirarle la treccia lunga e pesante. La vista della mano robusta dell'uomo che le scivolava lungo i capelli le mozzò il fiato. Non per la paura. Era proprio quello a spaventarla.

Colby mosse di scatto la testa, liberando i capelli dalla presa di Mace, e fece un passo indietro, creando uno spazio-cuscinetto. "Beh, devo legarli per evitare che si sporchino di vernice e di stucco." Indicò i suoi capelli con la spatola. "A proposito di peccati... È un peccato che un uomo abbia capelli lunghi e folti come i tuoi. Scommetto che le donne ti invidiano. E anche gli uomini."

Mace si passò una mano nella chioma. "Devo tagliarli," ammise controvoglia.

Colby non era d'accordo. I capelli gli donavano. Non che lei lo conoscesse molto bene. Si chiese ancora una volta cosa lo avesse tenuto fuori dalla vita della sorella per due anni. La sera prima, quando non era riuscita a dormire, la sua mente si era riempita di troppe domande. Che un uomo sconosciuto dormisse nella stanza di fronte non l'aveva aiutata. Sì, la carenza di sonno poteva essere attribuita alla prudenza nei confronti di un estraneo, non al fatto che lui la turbava in altri modi... modi che lei non voleva ammettere.

Mace fece irruzione nei suoi pensieri. "Come mai la vernice e lo stucco?"

"Sto ristrutturando una casa," disse distrattamente lei, spostando le uova in due piatti per poi aggiungere il pane tostato. Fece scivolare un piatto di fronte all'uomo. "Non chiedere nemmeno il bacon."

"Non me lo sognerei mai." L'uomo infilzò le uova con la forchetta. "Di chi è la casa? Fai ristrutturazioni per lavoro?"

Colby levò gli occhi al cielo. "Assolutamente no. È un lavoro sporco." Si sedette e afferrò un piccolo contenitore dal centro del tavolo. Un sorso di succo di pompelmo la aiutò a inghiottire un paio di integratori di vitamine. Offrì il flacone all'uomo. "Ne vuoi?"

Mace scosse la testa e tirò fuori un altro flacone dalla tasca: lo stesso della sera prima. Prese due lunghe pastiglie oblunghe. "Ho le mie."

"Cosa sono?" Colby guardò incuriosita il farmaco. Prima che potesse leggere l'etichetta, lui si rimise il flacone in tasca.

"Vitamine forti."

Colby inarcò un sopracciglio, ma evitò di fare commenti. Non erano affari suoi.

"Allora, di chi è la casa per cui ti sporchi tutta?"

Colby ingoiò un boccone di uova. "Mia. Ho comprato una casa vecchia. La sto sistemando."

"Da sola?" L'uomo sembrava affascinato.

Colby scosse la testa. "No. Durante la settimana, la maggior parte del lavoro lo fanno gli operai. Nei fine settimana vado là io e mi trastullo un po'. Faccio qualche piccola cosa qua e là. Perlopiù, finisco per sedermi nel bel mezzo di una stanza mezzo finita, sognando a occhi aperti l'aspetto che avrà alla fine del progetto."

Mace spazzolò la colazione, poi guardò la fetta di pane rimasta sul piatto di Colby. "Sembra difficile."

Colby gli offrì il pane. Mace lo accettò, affondando i denti bianchi nella superficie tostata mentre lei lo aveva ancora in mano, sfiorandole la punta del dito. L'uomo sorrise quando lei ritrasse di scatto la mano.

L'unica soluzione che le impedì di tremare fu chiudere le dita a pugno mentre cercava di restare in tema. Non voleva che lui sapesse che effetto le faceva. "Sì. È tutto quello che ho. Tutti i miei soldi – tutti i soldi che avevo guadagnato – li ho investiti in quella casa. Non vedo l'ora che sia finita."

Portare i piatti vuoti al lavandino per lavarli le diede una scusa per allontanarsi dall'uomo, ma lui la seguì. Afferrò lo straccio prima che potesse farlo lei.

E meno male che lei avrebbe voluto frapporre un po' di distanza fra di loro. Invece, l'uomo rimase vicino a prendere i piatti bagnati per aiutarla ad asciugarli. E ogni volta che gliene passava uno, lui sfiorava con le dita quelle di lei. Ciò non aiutava il nervosismo di Colby.

"Non sarebbe stato più facile costruirla da zero?"

"Può darsi. Ma non è questo il punto. Quella casa aveva bisogno di essere salvata. Me lo sono sentita nelle ossa la prima volta che l'ho vista. Non credo che sia giusto abbattere un edificio vecchio solo perché ha bisogno di qualche lavoro. Quella casa ha una storia; ci sono passate molte vite. Se solo le pareti potessero parlare. "

"Forse è meglio che non possano farlo. Altrimenti, ci sarebbero molti, moltissimi muri che mi ricattano."

Colby appoggiò il bacino al piano, asciugandosi le mani.

Osservò la mascella forte e angolosa dell'uomo, coperta da pelle olivastra e ombra di barba. "Ah, allora hai fatto molte brutte cose in vita tua, eh, Mace Walker?"

"Chiamami pure Mace. Per rispondere alla tua domanda: non necessariamente. In poche parole, non voglio che si sappiano in giro i fatti miei. Nel bene e nel male. Spetta a me raccontarli."

"Come il motivo per cui sei rimasto così a lungo lontano da tua sorella?"

"C'era una buona ragione e preferisco non parlarne." L'uomo piegò con grande cura lo straccio, lo mise sul piano e si voltò verso di lei. "Invece, preferirei venire con te e vedere questa casa che ha tanto bisogno di lavori."

La sua offerta era l'ultima cosa che lei si aspettava. L'uomo si avvicinò leggermente e, per un attimo, Colby pensò che forse l'avrebbe afferrata. In circostanze normali, quella vicinanza sarebbe stata eccessiva per lei: gli sconosciuti la mettevano a disagio. Ma questo... Questo le faceva un effetto diverso: risvegliava delle sensazioni che lei aveva quasi dimenticato.

Colby si diede uno scossone mentale. Cosa stava pensando? Aveva appena conosciuto quel tizio e riusciva a pensare solo a quanto era attraente e misterioso, il tutto in un bel pacchettino sexy. Bastava guardarlo per sentire reagire la parte inferiore del suo corpo. Le sue mutandine si bagnavano e i suoi capezzoli si inturgidivano in maniera quasi dolorosa. Non era da lei. Per niente.

Ma quell'uomo era il fratello di Maxi. Colby si fidava di Maxi. E fino a quel momento, quella mattina, Mace non era stato altro che gentile e, soprattutto, non minaccioso. A quel punto, lei non aveva motivo di non fidarsi di lui. Beh, con l'eccezione del dettaglio che costui era sparito negli ultimi due anni. Quello era un po' strano.

Era trascorso un po' di tempo dall'ultima volta in cui Colby era rimasta sola con un tizio come quello. Un uomo mascolino al cento per cento, che le faceva pensare al sesso e non alla paura. E quella mattina, il sesso era tutto ciò a cui lei riusciva a pensare quando guardava Mace.

Aprì la bocca per rifiutare, ma invece disse: "Fantastico, ma dovremo prendere la tua macchina." Dava per scontato che lui ne avesse una, anche se non aveva controllato. "Avevo pensato di andare in bicicletta."

Le sopracciglia dell'uomo spiccarono un balzo e lui diede l'impressione di essere sul punto di discutere, ma all'improvviso sembrò cambiare idea. "Nessun problema. Prenderemo il mio furgone." Le rivolse un breve sorriso. "Vado a prepararmi."

Colby lo guardò lasciare la cucina per cambiarsi. L'ultima cosa che si era aspettata era che un uomo misterioso entrasse nella sua vita. E avrebbe dovuto aver paura, molta paura. All'improvviso, la sua vita tranquilla, per cui lei aveva lavorato tanto, stava per essere rovesciata. Lei non era sicura di essere pronta.

E se l'uomo credeva di poter rimanere misterioso, si sbagliava. Di grosso.

MACE PARCHEGGIÒ la sua F-150 con cabina estesa di fronte all'enorme, imponente vecchia casa. Ci volle tutta la sua forza per chiudere la bocca spalancata. Cespugli di rose incolti e invasi dalle erbacce circondavano quella mostruosità. Il prato sembrava nudo in alcuni punti e inselvatichito in altri. Mace cercò di non fare una smorfia quando lo vide, ma Colby lo colse sul fatto.

"Oh, non sarà più così brutta dopo essere stata ridipinta e

dopo che la veranda sarà stata riparata. Fra un paio di settimane verrà anche un giardiniere per sistemare il cortile."

Mace non ebbe il cuore di dirle che c'era bisogno di molto di più. Molto, molto di più. Le vecchie grondaie di rame – annerite dal tempo e dall'umidità – erano scardinate in alcuni punti, parte delle ante era dispersa e il resto... il resto si sarebbe fatto prima a rimuoverlo. Perdiana, il tetto della veranda era visibilmente imbarcato.

"Devi vedere l'interno per apprezzarla davvero." Colby saltò giù dal furgone e lui la seguì con riluttanza.

"Ne sono sicuro," mormorò.

In realtà, ne dubitava fortemente. Quello di cui non dubitava erano i sentimenti di Colby nei confronti della casa. Il viso della donna si illuminò quando oltrepassarono il cancello in ferro battuto. La bellezza era davvero negli occhi di chi guardava. E quelli non erano gli occhi di Mace. Lui pensava che la casa somigliasse al set di un film dell'orrore... e non di uno dei migliori.

L'unica cosa bella della proprietà era la rossa snella che camminava di fronte a lui. Mace si ritrovò ipnotizzato dal suo ancheggiare. Era scopabilissima, persino con quell'orribile salopette di denim. Gli venne un'erezione al solo pensiero di infilarsi nella sua calda, umida–

"Attento." Colby lo prese per il gomito quando raggiunsero la veranda e gli fece da guida; a quanto pareva, sapeva esattamente dove mettere i piedi per evitare le assi marce.

Per fortuna lei gli stava mostrando la strada, perché le sue labbra piene lo distraevano parecchio. Quando lei ci passò la lingua sopra, lui trattenne un gemito. Porca miseria: era come un ragazzino arrapato. Ma non poteva negare di desiderare quelle labbra su una certa parte dura della sua anatomia. O da qualunque altra parte.

Quando raggiunsero l'ingresso, Colby si fermò e il sorriso

sul suo volto si allargò. Mace chiuse gli occhi per un istante, imponendosi di comportarsi bene. Quando li riaprì, la prima cosa che notò fu che il portone d'ingresso aveva bisogno di una bella grattata e di una mano di vernice fresca. Ciononostante, Colby passò con amore le dita su uno dei pannelli ovali di vetro colorato. Il membro di Mace guizzava a ogni carezza delle dita della donna. Voleva disperatamente allungare una mano per sistemarselo. Ma resistette. *A fatica.*

"Guardalo. Non riesco mai a entrare in casa senza ammirare questo portone meraviglioso. Ho fatto sostituire il vetro. Quando ho comprato la casa, le finestre erano quasi tutte rotte."

Quando riuscì a pensare lucidamente, Mace dovette ammettere che il portone era molto carino. Ma non poteva basare la propria opinione della casa solo sul portone d'ingresso; ora era curioso riguardo all'interno. Non poteva essere peggiore dell'esterno, dato che non c'erano cartelli di accesso vietato.

"Da quanto la possiedi?"

"La banca e io la possediamo da cinque mesi."

"Mi stupisce che la banca ti abbia concesso un mutuo per un progetto come questo."

Colby si voltò a guardarlo stupita. "Perché?"

Cazzo. Gli era scappato. "Ehm, perché..." *Perché è uno schifo e nessun funzionario prestiti sano di mente concederebbe–* "Per via dell'assicurazione. Scommetto che è stato difficile assicurare una casa così vecchia."

"No. Non ho avuto problemi." Colby fece scattare la serratura ed entrò in casa.

Ottimo. La casa era assicurata. La cosa migliore da fare sarebbe stato darle fuoco e ricominciare da capo. *Se solo la frode assicurativa non fosse un reato federale.* Mace scosse la testa mentre seguiva Colby oltre la soglia.

In seguito, Mace dovette ammettere che la casa aveva una sua personalità e capì perché Colby la amava tanto. La donna la stava restaurando bene con l'aiuto degli operai. Ma palesemente, il processo sarebbe stato lungo e lento.

Si sedettero sul pavimento nella sala da pranzo vuota ed enorme. "Il" picnic" era sparso su una tovaglia al centro di un pavimento di legno che aveva disperatamente bisogno di una rifinitura. Colby aveva portato con sé del pollo fritto avanzato e dell'insalata di patate fatta in casa.

A giudicare dai due pasti che la donna gli aveva servito, sembrava una cuoca discreta. Mace avrebbe potuto abituarsi molto facilmente a mangiare in quel modo. Si era ormai stancato di sfamarsi da solo in bettole unte e bisunte o nei fast food. Mangiarono in un silenzio amichevole fino a quando non furono entrambi pieni. Ma lui non era completamente sazio... non ancora.

Con un sospiro di contentezza indotta dal cibo, Mace fissò la complessa boiserie lungo il soffitto e le pareti. Se non altro, i pannelli di legno verniciato, fissati alle pareti sotto una cornice, sembravano in buone condizioni e non avevano bisogno di essere ridipinti. "Questa casa è molto grande per una persona sola."

"Sì. Ma io adoro le case grandi. Non mi dispiace vivere da sola. Sono capacissima di prendermi cura di me stessa, adesso."

Sebbene quell'"adesso" avesse attirato la sua attenzione, Mace decise di lasciar perdere per il momento. "Me ne sono accorto," rispose invece, pensando alla pistola che la donna teneva nella borsetta. L'aveva portata con sé, probabilmente convinta che lui non se ne sarebbe accorto. Ma Mace se n'era accorto. Faceva parte del suo istinto di sopravvivenza intrinseco. Per non parlare delle sue esperienze.

Perché Colby si sentiva in obbligo di girare armata? Mace

non conosceva molte donne che lo facevano, a meno che non facessero parte delle forze dell'ordine. Allora perché Colby lo faceva? Non si sentiva sicura in sua presenza, oppure c'erano delle altre ragioni?

Mace avrebbe dovuto approfondire, se – *quando* – l'avesse conosciuta meglio. A tal proposito, il presente era il momento migliore per cominciare... "Hai intenzione di riempire queste stanze?"

Si costrinse a ingoiare un altro boccone della deliziosa insalata, quindi sollevò lo sguardo in tempo per sorprendere Colby che si leccava i succhi del pollo dalle dita con la punta appuntita della lingua. Qualcosa pulsò all'improvviso e non era la gamba di Mace.

Probabilmente, se la donna avesse saputo quanto ce l'aveva duro, si sarebbe spaventata. Mace doveva essere paziente. La pazienza era una delle sue virtù, dato che lavorava sotto copertura. Era in grado di manipolare e volgere quasi qualunque situazione a suo favore. Ma in quel momento non stava lavorando e il suo membro implorava uno sfogo.

"Partecipo alle aste immobiliari tutte le volte che posso e occasionalmente vado da qualche antiquario. Credo che sia il modo migliore per trovare dei mobili adatti a questa casa. Tu non pensi?"

Mace esalò il fiato, ripulendosi i pensieri. Era faticoso restare sul tema e lui trattenne l'impulso di suggerire di fare qualcos'altro, che non era parlare. Qualcosa che richiedeva di spogliarsi.

"Non volevo dire questo. Parlavo di riempire le stanze con una famiglia, con dei bambini." Parlare del futuro, di una famiglia e di bambini bastò a placare i bollenti spiriti di Mace. Grossomodo. Avrebbe dovuto accontentarsi.

"Oh." Colby prese un tovagliolo per pulirsi le labbra. "Un giorno, immagino."

D'accordo. La maggior parte delle donne sognava di avere una casa e di riempirla di figli, giusto? Perché lei no? Non sembrava interessata a mettere su famiglia. Magari era troppo indipendente. Anche se quell'"adesso" continuava a rodergli nella mente. Ma Mace non voleva tentare la sorte e spingerla a chiudersi.

Dopo aver riempito la borsa frigorifera e raccolto lo sporco, Colby si spinse in piedi, pulendosi le mani nella salopette. "Sei pronto ad aiutarmi a finire di tinteggiare la cucina?"

Onestamente, no. Gli faceva male la gamba. Avrebbe preferito starsene seduto a guardare il corpo di lei che si muoveva mentre passava sulle pareti la vernice giallo acceso come un'artista sulla tela.

E lui non era nemmeno lontanamente bravo come lei a fare l'imbianchino. Dopo le prime sbavature, lei insistette per fargli passare la zona centrale delle pareti mentre lei si occupava dei bordi. Ma Mace la ammirava: Colby lavorava sodo e non si lamentava mai. Lui avrebbe voluto lamentarsi, ma tenne la bocca chiusa, deciso a resistere quanto lei.

Il calare della luce in cucina segnalò che il sole aveva cominciato a scendere sotto l'orizzonte. Colby era al centro della cucina, ora di un giallo acceso, che osservava i loro sforzi. Mace aveva trovato cose molto più interessanti da fissare, come i capelli rosso fuoco della donna sporchi di vernice gialla. Il corpo di Colby era slanciato come un giunco, anche se lei aveva dimostrato un appetito pari al suo durante il pranzo e i suoi polsi delicati e le lunghe dita snelle erano stati affascinanti da guardare mentre applicavano la vernice. Lo stupiva che lei non portasse gioielli, con l'eccezione di un paio di orecchini molto piccoli nelle orecchie. Anche se i capelli erano il miglior accessorio che lei potesse avere. I gioielli non potevano renderle giustizia accanto a quell'ammasso di fuoco scarlatto... fuoco che lui avrebbe voluto sentir bruciare su tutto il corpo.

Il pensiero di spogliarla nuda e scoparla forte sul telo protettivo lo avviluppò. Mace si voltò in modo che lei non notasse il grosso rigonfiamento nei suoi jeans. Di solito era in grado di controllare gli impulsi, ma era trascorso un bel po' di tempo dall'ultima volta in cui era stato vicino a una femmina come Colby. Vagamente innocente, sensibile. Una donna non coinvolta in attività illegali, assolutamente rispettabile.

Rinfrescante.

E soprattutto, che non gli faceva rizzare i capelli sulla nuca.

"Che ne pensi? A me piace moltissimo." Quando Mace non rispose, Colby proseguì: "Aspetta solo che arrivino gli elettrodomestici e i nuovi piani di lavoro. Spero che il giallo sia stata la scelta giusta."

La voce della donna era carica di insicurezza. Per quel motivo, la sua vita sembrava dipendere da una cosa tanto semplice come la giusta scelta del colore per le pareti. Se il giallo sole non fosse stato l'abbinamento perfetto per il lavandino e i piani, lei ne sarebbe uscita distrutta.

"In caso contrario, possiamo ridipingerla." Non che lui volesse offrirsi volontario, ma... Un silenzio completo lo avvolse. Si voltò a guardare Colby. La sua espressione inorridita era preoccupante; sembrava quasi che avesse preso le sue parole come un attacco personale. Dietro di lei, Mace si mosse per appoggiarle le mani sulle spalle e massaggiarle dolcemente. "Il giallo sta benissimo," la rassicurò, per poi passarle le mani su per il collo, accarezzando con i pollici i muscoli snelli sotto la pelle morbida.

Il sorriso di Colby tornò velocemente come era sparito, ma lei si staccò dal tocco di Mace e uscì dalla stanza. Si mise a chiacchierare dei colori delle pareti delle altre stanze. Mace scosse la testa e sospirò. I casi erano due: o lei era tonta, oppure stava cercando di ignorare l'esistenza di una scintilla fra di loro.

Ma una cosa era chiara: c'era un motivo per cui si stava seppellendo in quella casa. Probabilmente lo stesso per cui aveva aggiunto "adesso" alla dichiarazione secondo cui era in grado di prendersi cura di sé. C'era una ferita fresca, da qualche parte. Fisica o mentale; ancora lui non lo sapeva.

Era normale che una persona fosse orgogliosa della propria casa, ma lei sembrava un po' troppo fissata. E lui voleva sapere il perché.

Capitolo tre

Mace finì col dormire per la maggior parte della domenica mattina dopo aver trovato, in una puntata di svuotamento vescica, un biglietto che Colby aveva lasciato sulla porta del bagno. Il messaggio dichiarava che la donna era andata a un'asta immobiliare con un amico e che in seguito i due avrebbero fatto un salto ad alcuni mercatini delle pulci. Oh, e che Colby sperava che non gli dispiacesse se lei aveva preso in prestito il suo furgone. Robetta, insomma.

Contemporaneamente, il fatto che Colby si era involata con il suo furgone gli dava una scusa per tornare a letto. Ora, un paio d'ore più tardi e ancora impigrito, Mace rimase sepolto sotto le coperte. Se Colby fosse stata sveglia, anche lei avrebbe dormito fino a tardi. Porca miseria, se *lui* fosse stato sveglio, si sarebbe svegliato con la donna fra le braccia, preferibilmente nudo, e avrebbe cominciato presto la giornata. Ma no. Invece, giaceva da solo nel letto; la sua unica compagnia era l'erezione mattutina, o meglio, di metà mattina.

Infilò una mano sotto l'elastico dei boxer e raddrizzò il durello. Accidenti. Farlo da solo non era la stessa cosa. Era come accontentarsi di una mentina dopo cena, quando voleva in realtà una fetta di torta al cioccolato.

Ma dato che Colby se n'era andata, non gli restavano altre opzioni. Rotolato verso il comodino, si ritrovò faccia a faccia con la foto dei suoi genitori defunti. Imprecò e sbatté la foto incorniciata a faccia giù. Proprio quello di cui aveva bisogno: i suoi genitori che lo guardavano allentare un po' di tensione sessuale. Da ragazzino, aveva già temuto abbastanza che loro lo cogliessero sul fatto. Anche se non era mai successo, sebbene ci fosse stato qualche scampato pericolo. Molti scampati pericoli.

Per fortuna del suo uccello quella mattina, la cosa non era più un problema. Mace spalancò il cassetto e vi affondò la mano dentro fino a quando le sue dita non urtarono una scatoletta. La tirò fuori – era una confezione di preservativi – e la girò per leggere la data di scadenza. Accidenti. Quella roba era così vecchia, per non dire probabilmente così secca, che si sarebbe rotta anche solo cercando di srotolarla. Era inutile. Mace avrebbe dovuto fare scorta alla prossima spesa. I suoi programmi prevedevano la necessità di preservativi freschi. Magari avrebbe potuto aggiungerli alla lista della spesa di Colby, scritta su uno stretto taccuino attaccato al frigorifero con una calamita. Latte, uova, pane, preservativi. Sì, poteva essere un modo per lanciare un messaggio.

La scatola finì buttata accanto alla foto e lui proseguì le ricerche. *Ah, finalmente.*

Con un sospiro di sollievo, Mace tirò fuori un tubetto di lubrificante solubile in acqua. Sorrise. Il sollievo era ciò di cui aveva bisogno e il sollievo era ciò che avrebbe avuto. Avrebbe potuto giurare di aver avuto un'erezione perenne da quando era tornato a casa l'altro giorno e si era trovato faccia a faccia con una rossa.

Peggio ancora, tutte le volte che lui cercava di toccarla,

anche solo con innocenza, lei si allontanava. Mace non stava andando da nessuna parte. Aveva pensato che offrirsi volontario di darle una mano con quella casa orrenda l'avrebbe addolcita un poco. E forse ciò era successo, ma non abbastanza. E comunque non abbastanza in fretta per i suoi gusti.

Sollevò il bacino e si sfilò le mutande, buttandole sopra la foto incorniciata. Così, non c'era rischio che i suoi genitori sbirciassero. Dopo aver sprimacciato i cuscini, si mise seduto appoggiato alla testiera. *Così andava meglio.*

A uno scatto del suo polso, il coperchio del tubetto si aprì e lui si spruzzò una quantità abbondante di lubrificante sul palmo. Il suo membro rimbalzò contro il basso ventre per la pregustazione. Nella fretta, Mace lanciò via il tubetto, si afferrò il membro con la mano lubrificata e strinse.

La punta assunse un colorito rosso scuro e la vena che scorreva lungo l'asta pulsò. Mace strinse più forte, fino a quando la punta non diventò quasi viola, e poi, solo allora, fece scivolare la mano verso l'alto. Passò il pollice sulla punta fino a quando non fu ben lubrificata. La circondò, facendo scivolare la mano stretta fino alla base dell'erezione.

Porca troia. Un leggero brivido lo attraversò. Non riusciva a ricordare l'ultima volta in cui si era segato.

Chiuse gli occhi, appoggiò la testa alla testiera ed esalò un respiro tremolante. Si era toccato una volta. Una volta sola e già voleva venire. Aggiustò la presa, assicurandosi che ogni dito avvolgesse la sua asta prima di ricominciare lentamente a muovere la mano.

Era Colby che voleva avere sopra in quel momento, con le labbra strette, piene e umide attorno al suo uccello. Che scivolavano su e giù. *Su e giù.*

Muovendo la mano più velocemente, mantenne un ritmo costante e scorrevole. Sebbene il suo pugno fosse caldo e scivoloso, Mace avrebbe preferito che fosse lei a cavalcarlo, sbattendogli le natiche contro il grembo, prendendolo fino in fondo e dicendo che ne voleva di più. *Cazzo.*

Stringendo il pugno, Mace aumentò il passo. Fino al bordo della punta, una stretta e un bel colpo verso il basso. Le sue palle si contrassero per il bisogno di venirle dentro. O nel culo, o in bocca, era lo stesso.

Ripetendo più volte il movimento, Mace sollevò il bacino a ogni colpo verso il basso e si premette contro il materasso a ogni movimento verso l'alto.

Ansimava mentre cercava di riprendere fiato. Mancava poco. Pochissimo. Afferrò con forza la radice del membro e strinse mentre risaliva fino in cima. Poi scese di nuovo. Nell'ultimo movimento verso l'alto, un gemito di gola gli sfuggì dalle labbra mentre seme caldo gli spruzzava sullo stomaco e sul petto. Si appoggiò, ansimando, incapace di muoversi, il membro che guizzava dal piacere. Dopo averlo stretto un'ultima volta, lo svuotò del fluido che restava.

Gli sfuggì una risatina sommessa. Ne aveva avuto bisogno e presto avrebbe avuto necessità di rifarlo. Andò in bagno nudo, ostacolato solo da un leggero zoppicare grazie al suo atto di piacere onanistico. "Presto" divenne "adesso." Mentre si faceva la doccia, si insaponò e si fece un'altra sega, questa volta con più calma.

Finalmente, si trascinò fuori dalla doccia quando l'acqua divenne fredda. Con un grosso asciugamano avvolto attorno alla vita, uscì in corridoio – e andò a sbattere dritto contro Colby.

Entrambi sobbalzarono per lo stupore, con Colby che gridava "Oh!" mentre Mace si scusava.

"Scusa, scusa. Non ti avevo vista. Va tutto bene?" *Cazzo!* Colby lo aveva sentito che si frustava la mazza sotto la doccia?

Se lo aveva sentito, non ne diede segno. Fece un passo indietro e gli rivolse un sorriso tremolante, portandosi una mano al cuore. "Tutto a posto. Avrei dovuto stare più attenta."

"No, la colpa è mia." Colpa della carenza di ossigeno al cervello. O della carenza di sangue.

La donna si voltò leggermente e fece un altro passo indietro, appiccicandosi alla parete del corridoio. Era a disagio perché lui indossava solo un asciugamano? Mace controllò per assicurarsi che non scivolasse. Sì, la voleva, ma non al punto da denudarsi in mezzo al corridoio e offrirsi.

Si schiarì la voce e anche i pensieri prima che l'asciugamano si mettesse sull'attenti. "Com'è andata la caccia alle offerte?"

"Uh, ah, bene. Ci siamo divertiti. Ho trovato un paio di tavolini carini all'asta e ho preso alcune cose per la cucina ai mercatini."

"Allora il furgone ti è servito."

Il colorito si sollevò dal petto di Colby alla gola. "Mi dispiace. Avrei dovuto chiedertelo. Le chiavi erano vicino alla porta e io non volevo svegliarti. Ti ho fatto il pieno."

"Ehi, nessun problema. Almeno hai lasciato un biglietto."

COLBY CERCÒ di non fissare il petto di Mace. Era proprio come lei lo aveva immaginato. Scolpito, ma non troppo duro. Era perfetto. L'uomo aveva capezzoli piccoli e scuri che facevano capolino da una spolverata di peli scuri. Una scia di peli si avvolgeva attorno all'ombelico e svaniva sotto l'asciugamano. Non aveva gli addominali definiti, ma poco ci mancava.

I suoi capelli umidi, abbastanza lunghi da sfiorargli le spalle, si arricciavano leggermente attorno al viso. Colby strinse le mani a pugno, resistendo all'impulso di passare le dita fra i capelli.

Studiò l'angolatura della mascella dell'uomo, la curva del suo labbro superiore e il confine fra la fronte e gli occhi. Si rese conto che l'uomo era fermo in silenzio, in attesa che lei finisse di squadrarlo. *Merda.* Da quando erano fermi senza dire una parola? Il calore, che già le lambiva la gola, si sollevò fino alle guance.

Quando lui si protese, lei sussultò automaticamente. Mace esitò per un lungo istante, poi le sfiorò lo zigomo con le nocche. Sebbene la sua espressione rimanesse neutra, lei colse un lampo di curiosità nei suoi occhi prima che lui controllasse anche lo sguardo. Colby arrossì ancora di più. Non riusciva a credere di aver avuto tanta paura di un tocco che si era rivelato così gentile.

"Non c'è motivo di sentirsi in imbarazzo."

Colby aprì la bocca per dirgli che non era imbarazzata, ma invece non disse nulla. Lui non poteva sapere che il suo rossore non era dovuto al contatto fisico, ma alla sua umiliante reazione istintiva al movimento improvviso.

Quando Mace si avvicinò, fino a trovarsi solo a un respiro di distanza, lei indietreggiò contro la parete, rimpiangendo di non poter svanire nello stucco. L'uomo indossava un asciugamano. *Soltanto un asciugamano.* Sebbene esso fosse abbastanza lungo da coprirlo praticamente fino alle ginocchia, sarebbe bastato un piccolo incidente perché lui rimanesse completamente nudo.

Colby si leccò le labbra asciutte e il movimento attirò lo sguardo dell'uomo. Con le palpebre calate, questi le passò un pollice lungo la mascella, poi sul labbro appena inumidito.

Il volto dell'uomo si abbassò fino a trovarsi a pochi centimetri di distanza. "Posso baciarti?"

Colby deglutì a fatica, ma il groppo alla gola rimase. "Non credo che sia una buona idea."

"Perché no?"

Il fiato caldo dell'uomo si mescolò al suo. Come se i loro fiati fossero già intimi e si stessero baciando. "Non ci conosciamo molto bene."

"Un bacio potrebbe correggere la situazione."

Lei scosse leggermente la testa, ancora estasiata dalla vicinanza di Mace. Se si fosse mossa, le loro labbra si sarebbero toccate. "Non voglio che la situazione degeneri. Viviamo sotto lo stesso tetto, ora. Un bacio potrebbe... complicare le cose."

"È solo un bacio. Un semplice, breve bacio. Due persone che uniscono le labbra."

Per qualche motivo, lei non pensava che sarebbe stato così semplice. O così veloce.

Si allungò per respingere l'uomo; aveva bisogno di spazio per respirare, di chiarezza per il suo cervello annebbiato. Ma quando lo fece, le sue dita trovarono la pelle accalorata dell'uomo, i suoi muscoli, i peli sottili e ispidi sul petto.

Il contatto la spinse a prendere fiato, ma quando lo fece, lui chiuse lo spazio infinitesimale che li separava. Le sue labbra sfiorarono delicatamente quelle di Colby, poi si ritrassero leggermente. Lui la inalò e lei fece lo stesso con lui. Mace le sfiorò di nuovo le labbra. Con immensa delicatezza. Senza pressione.

Alla terza passata, lui le afferrò le spalle e le schiacciò le labbra con le proprie. Colby aprì la bocca per protestare, ma lui inclinò la sua, immergendo la lingua, cercando.

Colby dimenticò le obiezioni mentre la lingua di Mace invadeva la sua bocca, le accarezzava i denti e si intrecciava alla sua, fino a quando lei non gemette e non mosse timidamente la lingua contro quella dell'uomo. Le loro lingue si incontrarono, duellarono e combatterono, contorcendosi e spingendosi a vicenda. Le mani di Colby risalirono il petto di Mace fino a quando con una mano gli afferrò il collo, mentre con l'altra gli tenne ferma la testa, prima di attirarlo ancora più vicino. Non riusciva a saziarsi di lui. Non era abbastanza vicina. Nemmeno lontanamente.

L'uomo sapeva di buono. La sua freschezza mentolata si combinava con un gusto che era tutto suo. Molto mascolino. Colby non avrebbe saputo definirlo con precisione, ma lo assaporò.

Lui le fece scivolare le mani lungo la vita, portandogliene una in fondo alla schiena e l'altra sul sedere. La attirò a sé in modo che lei potesse sentire la sua erezione attraverso l'asciugamano di cotone, pronta e greve di voglia. Un piccolo suono le sfuggì, ma si perse nel loro bacio. Quando lui inclinò leggermente il bacino, la sua durezza premette contro il basso ventre di Colby.

Mace le sfilò la mano dalla schiena per afferrarne l'altra natica. Gliela strinse rapidamente e la sollevò senza interrompere il bacio, attirandola contro di sé.

Il panico cominciò a mettere radici e ad annebbiarle la mente quando le venne voglia di strappargli l'asciugamano di dosso e trascinarlo a terra. Quello che stava facendo era sbagliato. Sbagliato. Lo conosceva solo da un paio di giorni.

Dovevano rallentare. Prendere fiato. Non poteva succedere.

Finalmente, Colby mollò la presa stretta sui capelli dell'uomo. Ruppe il bacio e annaspò. Lui le stava sfregando il naso dietro l'orecchio quando lei disse: "Fermati."

Mace lo fece. Immediatamente.

Quando le lasciò andare il sedere, i piedi di Colby si abbassarono sul pavimento, fino a quando lei non rimase in piedi da sola. L'uomo si spostò leggermente, ma non si tirò indietro. Cercò di catturare il suo sguardo, ma lei voltò comunque la testa.

"Non ti è piaciuto?"

"No... Sì... Sì, è stato bello. È stato... molto carino." Non poteva affrontarlo. Non ancora. L'uomo era troppo vicino. Troppo bollente. Troppo allettante.

"Carino?" Mace le prese il mento con il pollice e le inclinò la testa in modo che lei lo fronteggiasse. Aveva un sorriso storto. Non stava facendo il gradasso; sembrava davvero un po' preoccupato dalla reazione di Colby. E quella reazione, da sola, la aiutò a rilassarsi.

"Cerchi complimenti?" Colby cercò di ridere, ma non ci riuscì.

"Sempre." L'uomo scosse la testa. "Ma seriamente, mi dispiace se ho esagerato."

Lei non rispose. Sebbene si fosse goduta ogni secondo, proprio come lui, non avrebbe dovuto. Non avrebbe dovuto. Non faceva cose del genere con gli sconosciuti.

"Colby–"

Suonò il telefono di casa, facendola sobbalzare. "Il telefono."

"Sì, me ne sono accorto. Ignoralo."

"E se fosse Maxi?"

"È improbabile, ma se è lei, richiamerà."

Al quarto squillo, Colby disse: "Potrebbe essere Martin." Gesticolò oltre Mace e corse nella sua stanza. Salì sul letto per raggiungere uno dei pochi telefoni fissi rimasti in casa. "Pronto?" Per un attimo, un silenzio di tomba le rispose. Il nulla assoluto. Poi udì un respiro. "Pronto? C'è qualcuno?"

Ancora respiri affannosi. I capelli sulla sua nuca si rizzarono e lei strinse più forte il telefono. Col cuore che batteva all'impazzata, gridò: "Chi è?"

Mace le strappò il telefono di mano. "Pronto?" Un attimo dopo, lo sbatté sul ricevitore. Fissò il cordless per un lungo istante, un muscolo che risaltava sulla mascella serrata, prima di voltarsi verso di lei. "Devono aver sbagliato numero." Esalò un respiro e si passò una mano fra i capelli. "Perché cazzo questa casa ha ancora il telefono fisso?" borbottò fra sé.

Pur non comprendendo la frustrazione dell'uomo riguardo al telefono, Colby doveva ammettere che probabilmente aveva ragione. Nessuno sapeva dove viveva lei, se non quelli del lavoro. Ciononostante, lei non riuscì a trattenere i tremiti.

Senza pensarci, allungò una mano oltre Mace per aprire il cassetto del comodino e cercare la pistola. La tirò fuori e scarrellò per assicurarsi che ci fosse il colpo in canna.

"Ma che diavolo? Avevi altri caricatori?" Mace le strappò la pistola di mano e la rimise nel cassetto, sbattendolo. "Colby, rispondi."

"Sì. Certo." Lanciò un'occhiata al cassetto chiuso. Aveva bisogno di avere la pistola in mano, di sentire la sicurezza che essa le dava. Ma fra lei e la sua Glock si frapponeva un uomo robusto.

"Cosa hai intenzione di fare? Sparare al telefono? Era solo qualcuno che aveva sbagliato numero," disse Mace con voce più rilassante.

Aveva ragione, aveva ragione, aveva ragione. Colby si stava comportando stupida. Poteva essere semplicemente un ragazzino che aveva fatto uno scherzo o anche solo qualcuno che aveva sbagliato numero. Colby stava esagerando. Si concentrò sull'uomo che aveva di fronte. "Scusa. Hai ragione. Sono proprio..." Pazza. Paranoica. "Sciocca."

Mace prese posto sul letto accanto a lei e le prese la mano. Lei avrebbe voluto che l'uomo la afferrasse e la stringesse forte, che la facesse sentire protetta e al sicuro, ma al tempo stesso non voleva che si avvicinasse. Non voleva fare affidamento su di lui o su nessun altro. Era responsabile per la sua vita e le sue azioni, ora.

L'unica persona che poteva proteggerla era... beh, lei stessa.

Si alzò e si sfilò la mano da quella di Mace. Fatto un passo indietro verso la porta della camera da letto, non riuscì a resistere alla tentazione di dargli un'ultima occhiata. L'uomo era davvero sexy, sul suo letto con solo un asciugamano addosso. Se Colby lo avesse voluto, avrebbe potuto averlo in un istante. Dopo il bacio in corridoio, era sicura che, se le avesse suggerito di spogliarsi, lui non avrebbe esitato a gettare da parte l'asciugamano.

Senza dubbio, lei aveva bisogno di un po' di amore poco complicato, di un po' di dolcezza e magari anche di un po' di sesso caldo, sudato e sporco, ma quella non era la sua priorità.

In quel momento, Colby aveva bisogno di sopravvivere, di uscire dalla camera da letto. "Vado di sotto a mettere l'arrosto in forno." Si voltò e fuggì lungo il corridoio.

Andando di fretta, udì a malapena la risposta contrariata di Mace. "A proposito, chi è Martin?"

Capitolo quattro

Mace si stava asciugando i capelli con una salvietta, lunedì mattina, quando lo squillo acuto del suo cellulare lacerò l'aria. Era competente nell'utilizzo di attrezzature da sorveglianza altamente complesse, ma non aveva idea di come cambiare la maledetta suoneria. Non che si fosse mai impegnato più di tanto. Soprattutto dopo aver utilizzato perlopiù telefoni usa e getta nel corso dell'ultimo paio d'anni.

Arrivò in camera da letto e lesse le parole "numero riservato" sullo schermo. Titubante, rispose prima che scattasse la segreteria.

"Allora, come va?" chiese una voce maschile molto familiare.

Mace si sedette sul letto e si buttò l'asciugamano umido nel grembo nudo. "Uno schifo. Mi hai chiamato per un motivo?"

"No. Voglio solo sapere come sta uno dei miei uomini migliori. Ti sei rasato la faccia da quello schifo?"

"No." Mace si passò una mano sul mento ispido. "Mi piace. Mi sa che me la terrò per un po'."

"Ti fa sembrare–"

"Un criminale. L'ho già sentita. Le adulazioni non finiscono mai. Ehi, per caso hai chiamato il telefono di casa ieri?" Mace non si sarebbe stupito se il suo capo avesse messo giù dopo aver sentito la voce di una sconosciuta. Per evitare domande, avrebbe detto il suo superiore.

"Ho il tuo numero di cellulare."

Sì, quella era la risposta perfetta. Ma l'uomo aveva ragione. Aveva il numero di Mace; non c'era motivo di chiamare a casa.

"C'è un problema, Walker?"

"No. No, va tutto bene." Solo qualche ragazzino che faceva scherzi telefonici.

"Se c'è, sono sicuro che tu sia in grado di affrontarlo."

"Sì. A proposito, sono felice che tu abbia aspettato a chiamare. C'è una donna qui. Per fortuna, adesso è al lavoro."

"Lo so. Ti riferisci alla signorina Colby Parks."

Mace accentuò la presa sul telefono. "Lo sapevi?"

"Certo. Non lascerei mai che tu ti infili in una situazione potenzialmente pericolosa."

"Non farmi ridere. Tutto quello che faccio, tutte le situazioni in cui tu mi mandi, sono pericolose." Mace lanciò un'occhiata al caricatore pieno che ancora si trovava sul suo comodino. Lo prese in mano e lo osservò. Per abitudine, compresse la prima cartuccia con il pollice, verificando l'elasticità della molla. Era un gesto che aveva compiuto migliaia di volte; per qualche motivo, gli dava conforto. "A proposito di pericoli: quella donna mi ha quasi sparato dopo avermi scambiato per un rapinatore. Sarebbe stato carino se tu mi avessi avvertito."

Gli parve di sentire una risatina all'altro capo della linea, o forse semplicemente un suono strozzato. "Ma non sarebbe stato divertente. Magari lei ti terrà sull'attenti, evitando che tu diventi grasso e pigro durante la tua piccola convalescenza." L'affermazione successiva era serissima. "Ho verificato."

"Perché questo non mi stupisce? A dire il vero, mi hai battuto sul tempo. Volevo chiamare il Bureau in giornata." Mace posò il caricatore accanto alla foto incorniciata dei suoi genitori. "Dunque sai che mia sorella si è sposata ed è in luna di miele?"

"Sì. Si è sposata più di un mese fa. Me lo aveva detto, ma non ho avuto modo di comunicartelo. Il tempismo era pessimo. Prima eri sotto copertura troppo profonda. E poi, dopo quel piccolo contrattempo, non volevo disturbarti."

Piccolo contrattempo.

"Giusto." Mace rise sarcastico. "Sai almeno chi ha sposato? Dov'è andata?"

Per quante volte lui avesse provato a estorcere quell'informazione a Colby, lei si era chiusa e gli aveva detto di scoprirlo da solo. La donna era convinta che, se Maxi avesse voluto farglielo sapere, glielo avrebbe detto. Il che non era vero. Mace avrebbe voluto spiegare che la situazione era dovuta alla natura della sua professione, ma aveva deciso che non valeva la pena discuterne. Doveva scegliere le battaglie giuste e preferiva quella in cui lavorava sul far sì che Maxi fosse abbastanza a suo agio con lui da spogliarsi.

Questione di priorità.

Sorrise all'immagine. Ma la voce del suo capo fece irruzione fra i suoi pensieri, rovinando la sua fantasia. "Certo. So tutto. Ha sposato il banchiere che ha finanziato l'orripilante progetto della signorina Parks, quello in Shady Lane. È così che tua sorella ha conosciuto la signorina Parks. Ti piace?"

Mace ignorò la domanda. "È spaventosa con una pistola in mano."

"Una Glock–"

"Sì, sì, sì. Sai tutto. Sei fin troppo diligente."

"Devo esserlo. Le nostre vite dipendono da questo, Walker. Immagino che tu non voglia che ti racconti tutto di lei. Una donna misteriosa può essere molto più... affascinante." Si udì un fruscio di fogli dall'altro capo della linea. "Spero che seguirai la fisioterapia... e non mi riferisco al fare zozzerie con la signorina Parks. Cerca di riprenderti in fretta. Potrei aver bisogno che tu sostituisca un altro agente operativo. Comincia a essere coinvolto in maniera troppo personale."

"Una donna?"

"Mmm. Sfortunatamente, sta dalla parte sbagliata."

"Errore fatale," disse Mace. "Ma, naturalmente, tu *lo sai già*. Se possibile, vorrei fermarmi per un paio di mesi."

"Fino a quando tua sorella non tornerà dall'estero?"

"È laggiù che si trova?"

"Sì, suo marito ha famiglia in Inghilterra. Hanno deciso di fare un tour dell'Europa." L'uomo rise. "Non vedo altra ragione per cui tu dovresti voler restare. Di sicuro non per aiutare la signorina Parks a restaurare quella brutta, vecchia casa."

"In realtà non è malissimo." L'aveva detto davvero?

"E anche se lo fosse, per lei ne vale la pena, giusto? Magari ti aiuterà a sentirti meglio. Fatti aiutare da lei con gli esercizi della fisioterapia." Il capo di Mace ridacchiò.

Chissà, forse un paio di mesi con Colby l'avrebbero davvero fatto sentire meglio. Sempre che lei fosse d'accordo. "Maxi sa cos'è successo?"

La risposta fu un silenzio eloquente. Certo che no; altrimenti, la sua sorellina non sarebbe andata in Europa. Si sarebbe preoccupata moltissimo. Avrebbe rinviato il matrimonio, sospeso la propria vita. Forse era meglio che Maxi non sapesse.

L'uomo si schiarì la voce. "Mi farò sentire."

Mace fissò il telefono per un attimo mentre lo schermo si spegneva, quindi lo lanciò sul letto.

Ora che sapeva che non era stato il suo capo a telefonare il giorno prima, ripensò alla reazione di Colby. Perché aveva tremato così tanto per una telefonata a vuoto? D'accordo, due: in serata ne era arrivata un'altra. Ma Mace aveva raggiunto il telefono per primo e aveva sentito solo un "click" e il rumore della linea libera.

Mace aveva finto che si fosse trattato di un altro errore, dato che Colby era a portata di orecchio. Le aveva detto che qualcuno voleva ordinare del cibo cinese e aveva composto il numero sbagliato. Non sapeva se lei gli avesse creduto o meno, ma se non altro non aveva perso la testa.

Quando le aveva chiesto se le telefonate a vuoto fossero capitate in maniera ricorrente prima che lui arrivasse a casa, la donna aveva cambiato argomento. Mace aveva lasciato perdere. Per il momento. Ma sarebbe andato in fondo a quella faccenda, in un modo o nell'altro.

———

Più tardi, quel pomeriggio, Mace udì un'auto avvicinarsi e aprì la porta d'ingresso per vedere chi fosse. Si stupì da solo: di solito non guardava nemmeno fuori dallo spioncino. Era piacevole aprire una porta senza timore che qualche malvivente lo crivellasse di colpi. Tre giorni a casa e aveva già cominciato a rilassarsi.

Colby parcheggiò una decapottabile rosso acceso, ma piuttosto vecchia, vicino al suo vecchio furgone Ford non altrettanto acceso. Mace vide le borse della spesa sul sedile posteriore e andò ad aiutarla.

"Non male," disse mentre prendeva un paio di sacchetti.

Colby gli porse un terzo e ne prese uno a sua volta. "Io o l'auto?"

"Tutte e due. Non pensavo che avessi un veicolo."

"Era dal meccanico. Aveva bisogno di cambiare la pompa dell'acqua."

Mace la seguì in casa. "Sì? Peccato che io non sia arrivato prima. Me la cavo benissimo con le auto."

"E con le donne?" lo punzecchiò Colby.

Lui sorrise. "Anche."

"Hai imparato a fare il meccanico in–"

Mace lasciò cadere i sacchetti della spesa sul tavolo della cucina in tempo per coprirle la bocca con la mano. "Eh no. Sono stufo delle battute sulla galera."

Avere le dita contro quelle labbra calde e umide gli provocò immediatamente un'onda d'urto fino all'inguine. Avrebbe voluto passare il pollice lungo il labbro inferiore della donna per poi fare dentro e fuori dalla sua bocca fino a bagnarselo. Poi avrebbe sostituito il pollice con la lingua. E altre cose. Oppure una cosa soltanto: il suo membro gonfio e dolorante. Le sue palpebre si abbassarono dalla voglia, fino a quando Colby non si allontanò da lui, rompendo il contatto e facendosi largo fra i suoi pensieri.

"Ho toccato un tasto dolente?" chiese, la voce che tremava un poco.

Ottimo. Forse lui le faceva lo stesso effetto che lei faceva a lui. "No."

"Allora raccontami cosa fai per vivere."

Fu lui a rompere il contatto di sguardi per primo, perché se non l'avesse fatto avrebbe sollevato la gonna da brava signorina di Colby e glielo avrebbe ficcato dentro in maniera decisamente poco signorile contro l'armadietto della cucina. Davanti o dietro; andava bene comunque.

Invece, si concentrò fortemente sull'argomento della

discussione. "Comincia tu. Come passi le giornate, *signorina Parks?*"

"Stai evitando la domanda. Finisci di portare dentro la spesa mentre io tiro fuori queste cose e allora, solo allora, potrei anche stare al tuo gioco, signor Walker."

Se solo lei avesse saputo a che gioco avrebbe davvero voluto giocare con lei...

Si comportò bene e portò dentro il resto dei sacchetti. Dopo essersi seduto, guardò Colby mentre lei cominciava a preparare la cena.

"Sei un PMS?"

Un che? Mace le lanciò un'occhiata interrogativa.

"Un porco maschio sciovinista," chiarì la donna. "Non cucini, pulisci o fai il bucato?"

Mace sorrise. "Cerco di evitarlo a tutti i costi."

"Allora chi fa le faccende di casa, di solito?"

"Ancora domande. Non hai nemmeno risposto alla mia."

Colby si strinse leggermente nelle spalle. "Va bene."

Mace si alzò e si mise alle spalle di Colby. Lei sussultò quando si voltò e se lo ritrovò così vicino. Abbastanza vicino da far sì che lui sentisse il suo calore. E perdesse la testa.

"Cosa fai?"

Il tremito nella voce della donna attirò l'attenzione di Mace e gettò un po' di acqua fredda sulla sua libido bollente. "Ti aiuto. Immagino sia questo quello che volevi quando ti sei messa a parlare di sciovinismo maschile."

Quando il sollievo di Colby divenne palese, Mace scosse la testa. Erano passati tre giorni. Avevano mangiato e guardato la TV insieme e lui l'aveva persino aiutata a tinteggiare la cucina di giallo. Per non parlare del limone duro in corridoio del giorno prima. Ma lei ancora non si rilassava in sua presenza.

Pensare al momento di intimità di domenica fece scattare

il membro di Mace sull'attenti. Ma lui doveva andarci piano. Sebbene volesse darci dentro, scoprire tutti i segreti di Colby, non poteva spingere troppo. Non ancora. Non voleva spaventarla. Porca miseria, se non fosse stato attento, la tensione sessuale lo avrebbe ucciso. "Mi hai letto nel pensiero. Prepara pure l'insalata."

Se si leggevano nel pensiero a vicenda, Mace era nei guai. Perché in quel momento, i suoi pensieri erano sporchi, sporchissimi, assolutamente luridi. Lui stava immaginando di affondare le mani nella criniera infuocata di lei mentre li glielo succhiava. Nell'immagine, lei era in ginocchio e lui le guidava la testa avanti e indietro. La bocca umida di Colby attorno all'uccello, i piccoli gemiti che le sfuggivano dalle labbra...

Mace soffocò un verso e tolse le verdure lavate dallo scolapasta dove stavano gocciolando. Prese un tagliere e tornò al tavolo per tagliarle. Doveva concentrarsi su qualcos'altro. Come la lattuga.

"Non puoi farlo qui sul piano?"

"No. A volte, non riesco a stare in piedi troppo a lungo."

Lo sguardo di Colby lo passò al setaccio, per poi posarsi sulle sue gambe. Accidenti. Mace avrebbe voluto che fossero le mani di lei a seguire le linee dei suoi jeans. Non lo stava aiutando a elevare il pensiero.

"Perché?"

Lui inarcò un sopracciglio nella direzione di lei.

Colby sollevò le mani in un gesto di resa. "D'accordo, comincio io." Dopo aver messo due bistecche alte sulla teglia del grill e aver messo a bollire delle piccole patate rosse, si voltò verso di lui, appoggiandosi al piano. Se non altro, ora sembrava un po' più a suo agio.

"Sono biochimica."

"Notevole." Mace pelò goffamente una carota, cercando

di tenere le lunghe strisce arancioni in un mucchietto ordinato. Concentrarsi sulle verdure lo aiutava ad allentare parte della tensione. "Cosa vuol dire?" Sollevò lo sguardo dal suo odioso compito quando sentì Colby ridere.

Con le mani piantate sui fianchi, la donna gli rivolse un'occhiata di stupore. "Come può sembrarti notevole una cosa che non conosci?"

"È per questo che sono colpito. Non ho mai detto di essere intelligente."

"Pensavo che tutti i carcerati avessero diritto all'istruzione." La donna sollevò le mani in un cenno di resa quando lui fece una smorfia. "Scusa. Adesso la smetto." Colby prese lo straccio appoggiato alla maniglia del forno e si asciugò le mani, quindi si recò al tavolo e prese un gambo di sedano da masticare. "Sono specializzata nella composizione chimica e nel comportamento degli organismi viventi. Lavoro per la Malvern University."

Se stava cercando stupirlo, c'era riuscita. Mace si sentiva incredibilmente stupido. "Potresti approfondire? Mi sa che mi sono perso."

"Studio gli effetti del cibo e degli ormoni, oppure anche delle droghe, sulle creature viventi."

Ah. "Come le persone?" *Potrei dirti io che effetto hanno le droghe sulle persone.*

"Persone, animali, piante. Di tutto." Colby puntò quello che restava del sedano mangiucchiato nella sua direzione. "Quello che l'università mi chiede di fare, io faccio. Sono loro che mi pagano lo stipendio."

"Scommetto che è anche un bello stipendio."

"Potrebbe essere migliore. Ho solo la laurea specialistica. Per guadagnare di più, dovrei conseguire il dottorato."

Solo la laurea specialistica. Niente, proprio. "Ci stai pensando?" Mace prese le ciotole che Colby gli porse e cominciò a riempirle con le verdure tagliate grossolanamente. "Di tornare a studiare, intendo."

"No. Mi piace lavorare in laboratorio e sul campo. Non voglio una posizione amministrativa. Non importa quanto si guadagna."

"Ti capisco. Nemmeno io vorrei ritrovarmi dietro a una scrivania." Mace prese al volo lo straccio che Colby gli lanciò e si pulì le mani. "Come sei arrivata al lavoro questa mattina? Avrebbe potuto darti un passaggio. L'università non è molto vicina."

"Grazie a Martin, il mio assistente. È stato così gentile da venirmi a prendere e lasciarmi all'officina dopo il lavoro. È un tipo simpatico."

"Solo simpatico?" Mace si chiese se ci fosse dell'altro. Attese, ma la donna non aggiunse altro riguardo al suo collega.

La Malvern University. Quando Mace aveva detto di essere colpito, diceva sul serio. Quella era un'università prestigiosa. I suoi genitori siano trasferiti in quella "città" universitaria quando lui e Maxi erano piccoli. Suo padre era professore e aveva insegnato laggiù fino alla morte. Anche Maxi si era laureata lì. Quando era andato all'università, Mace aveva idee diverse: aveva scelto la più lontana da casa possibile. Non che sarebbe mai riuscito a entrare alla Malvern...

"Allora, che problema ha la tua gamba?" chiese Colby, riportandosi di colpo al presente.

"Mi hanno sparato." La domanda era giunta tanto inaspettata che lui aveva risposto prima di poterci pensare. *Diamine.*

La donna inarcò le sopracciglia. "Allora non stavi scherzando? È successo durante una rivolta in prigione?" Le sue guance presero colorito quando si rese conto di ciò che aveva detto. "Scusa. La smetterò se tu mi dici che lavoro fai."

"Perché è così importante? E se mi piacesse semplicemente viaggiare da barbone?"

"Perché dovresti voler fare una cosa del genere quando hai una bella casa proprio qui?"

"Non lo so. Mi annoio?"

"No. Non so cosa stai nascondendo, ma non lo dirò a nessuno. Prometto." La donna incrociò le dita e si fece una croce sul cuore.

Mace sorrise a quel gesto. Voleva fidarsi di lei. Lo voleva davvero. Ma dopo anni e anni trascorsi a imparare a mentire bene, dire la verità non era più così facile. Era difficile rientrare nella sua "vita vera." O in quella che lui pensava avrebbe dovuto esserlo.

"Posso vedere la gamba?"

Ancora una volta, la domanda di Colby lo colse alla sprovvista. Mace posò il coltellino con cui stava giocherellando prima di tagliarsi un dito per sbaglio. Quella donna voleva che lui si abbassasse i pantaloni nel bel mezzo della cucina, prima di cena? Non che gli dispiacesse spogliarsi per lei, ma avrebbe voluto mostrarle ben altro.

Come se lei gli avesse letto nel pensiero, Colby disse: "Non intendo adesso. Più tardi."

"Pensavo che fossi una scienziata, non un medico."

"Mi interessa comunque. A una scienziata interessano tutte le cose vive. E in questo particolare caso, mi interessa vedere come il metallo interagisce con la carne umana."

"Non molto bene, te lo posso garantire. Fa un male cane ed è bruttissimo. Ma se davvero vuoi vederlo, devi promettere di darci un bacino."

Probabilmente, Colby pensava che lui scherzasse. Non era così. Mace credeva davvero che, se solo lei avesse appoggiato le sue dolci e floride labbra sulla sua gamba convalescente, ogni dolore sarebbe sparito. Perdiana, valeva la pena provarci.

"Prometto." La donna rise.

Mace si unì a lei. Colby non sapeva che lui le avrebbe fatto mantenere la promessa. "Parlami un po' di questo Martin."

Lei gli voltò le spalle. "È un tipo simpatico con cui lavoro."

E con cui aveva trascorso l'ultima domenica mattina a un'asta e a caccia di affari. E a fare chissà cos'altro. "Sì, lo hai già detto."

"Non c'è altro."

———

COLBY SOLLEVÒ lo sguardo dalla sitcom che stava guardando. La ciotola dei popcorn in equilibrio sul suo grembo si inclinò pericolosamente. Per fortuna, lei la afferrò in tempo e la mise sul tavolino di fronte al divano. "Oddio."

Mace zoppicò verso di lei, indossando un paio di pantaloncini corti di denim. E nient'altro. "Te l'avevo detto che non era una bella vista."

"Chi è stato?" sussurrò Colby. Si protese quando l'uomo si avvicinò; voleva toccare, ma era incerta.

Senza esitazione, l'uomo si avvicinò alla sua mano, chiudendo gli occhi. "Sii delicata."

Colby sollevò lo sguardo per vedere se la stesse prendendo in giro. Non era così. Il dolore era inciso sul suo volto, i muscoli della mascella si riflettevano. Lei riportò l'attenzione alla gamba, sollevando il denim per guardare meglio. La coscia di Mace sembrava poco più che carne macinata. Metà del muscolo interno della coscia mancava e sotto la pelle lei intravedeva i contorni dell'osso. Cicatrici rosse simili a cerniere si vedevano nei punti in cui i medici avevano cucito la pelle.

Doveva essere stata un'arma da fuoco di grosso calibro. Colby si morse il labbro, chiedendosi come avesse fatto Mace a sopportare il dolore. "Sei fortunato che non ti abbiano amputato la gamba." Colby non si rese conto di aver parlato ad alta voce fino a quando non udì lo sbuffo e le parole amare dell'uomo.

Gli occhi scuri di Mace si aprirono per scavare in quelli di Colby. "Sono fortunato che la pistola non fosse puntata un po' più a sinistra. Avrei perso qualcosa di un po' più importante del muscolo della coscia."

L'uomo strinse i denti e una goccia di sudore gli apparve sulla fronte quando lei, prudentemente ma delicatamente, accarezzò la pelle di un rosso furioso con la punta delle dita. Sembrava che anche un tocco delicatissimo gli desse fastidio. Sorprendentemente, lui non si staccò, né le disse di fermarsi.

"Scusa se non sono molto ricettivo nei confronti del tuo tocco. Di norma, sarei sull'attenti."

Colby abbassò subito lo sguardo sulla V dei pantaloncini prima di guardare altrove, arrossendo con furia. C'era cascata come una pera matura. "Quelle pastiglie che ti vedo prendere continuamente... Sono antidolorifici?"

"Mi biasimi?"

"No. Ma ci sono altri modi per alleviare il dolore. Modi naturali."

"Se parli della medicina olistica, lascia perdere. Preferisco il caro vecchio metodo americano: una pastiglia per ogni dolore." Mace si lasciò cadere sul divano accanto a lei, spostandole la mano. Sollevò la gamba sul tavolino e prese il telecomando. "Cosa guardi?"

Colby gli strappò il telecomando di mano e spense la televisione. Lanciò il telecomando fuori della portata di Mace, sulla poltrona reclinabile a qualche metro di distanza. "Eh no. Non te la caverai così facilmente. Voglio sapere chi è stato e perché."

"Beh, il perché è facile. Sono sicuro che una persona intelligente e istruita come te ci possa arrivare. Quell'uomo stava cercando di uccidermi."

"Chi? Perché?" Perché qualcuno avrebbe dovuto voler provare a uccidere Mace?

L'uomo si ficcò una mano fra i capelli, lasciandoli in disordine. "Non potrei raccontarti i dettagli nemmeno volendo, Colby." Prese una rivista a caso dal tavolino e la sfogliò prima di lanciarla senza tanta cura sul tavolino.

"Sei un poliziotto?"

Mace scosse la testa e lanciò un'occhiata vogliosa al telecomando.

"Sei nelle forze armate?"

"No." L'uomo sollevò lo sguardo sul soffitto ed esalò un lungo respiro.

"Devo andare avanti a lungo?"

"No, ma una cosa posso dirtela." L'uomo si contorse verso di lei e la trafisse con un'occhiata. "Lavoro per l'FBI."

"Sei un agente sotto copertura? È per questo che non hai avuto contatti con Maxi per due anni?" Forse, Mace era sotto copertura anche in quel momento. Chi era davvero? Colby si trovava nel bel mezzo di un'operazione? Il suo cuore accelerò i battiti.

Mace grugnì. "Colby, per favore, non chiedermi i dettagli. Io non posso dirteli ed è meglio che tu non lo sappia, in ogni caso."

Lei si voltò per guardarlo in viso. "Sei davvero Mace Walker o è solo una specie di alias? Sei davvero il fratello di Maxi?"

Mace levò gli occhi al cielo sbuffò. "Sì, sono la persona che ho detto di essere. Pensavo che ne avessimo discusso la prima sera."

All'improvviso, Colby si sentì una persona orribile per il modo in cui lo aveva trattato all'inizio. "Pensavo che fossi un criminale! E tu invece rischi la vita–"

L'uomo le posò un dito sulle labbra. "Shhh."

Lei ritrasse la testa e strinse gli occhi. "No, non zittirmi. Mi dispiace. Mi dispiace per aver pensato che tu fossi un... un..."

"Colby, è tutto a posto. Sono un bambino grande; posso sopportare qualche presa in giro."

"No, non è tutto a posto. Soffri costantemente. E non dire che non è così. Mi chiedevo perché ogni tanto zoppicassi. Perché faticassi a fare cose semplici come salire le scale."

Le vennero le lacrime agli occhi. Ma non voleva piangere. No. Non voleva sembrare una bambina troppo emotiva.

Accidenti. Cercò di trattenere una lacrima fuggiasca, ma essa le sfuggì prima che potesse asciugarla.

Mace prese la lacrima sul dito e la fissò. Doveva ammettere che le emozioni di Colby lo commuovevano. Per molto tempo, nessuno, con l'eccezione di sua sorella, aveva pensato a lui. Nessuno si era curato di quello che gli succedeva. Una sofferenza poco familiare gli gonfiò il petto.

Ma non voleva farlo in quel momento. Non poteva farlo. Non voleva aprire una diga emotiva. Conosceva quella donna solo da pochi giorni. Aveva davvero bisogno di sua sorella. Era lei il motivo per cui era tornato a casa. Aveva bisogno di un cerotto emotivo e fisico.

"Non piangere per me, Colby. Sono sopravvissuto. Altrimenti, non ci saremmo mai conosciuti. Per qualche motivo, credo che in questo momento possiamo aiutarci a vicenda. Io sto cercando di guarire e credo che, da un certo punto di vista, anche tu stia cercando di farlo."

Colby scosse la testa, ma evitò il suo sguardo.

Mace le afferrò il mento e la voltò per guardare profondamente nei suoi occhi. "Sì, stai affrontando qualcosa. Una sofferenza tutta tua. Credo che sia per quello che ti impegni così tanto nella tua casa. Ogni piccolo dettaglio di quella casa sembra una crisi che ha bisogno di essere risolta." Le accarezzò la guancia con il pollice. Incrociò il suo sguardo pieno di lacrime prima di abbassare la voce a poco più di un sussurro. "Perché? Cosa ti è successo, Colby Parks?"

"N-niente."

Mace non le credette. Colby era stata ferita; forse non in maniera fisica come lui, ma mentalmente o emotivamente. E non era solo ferita, ma ferita in modo grave. Mace era stato ferito da persone che lo odiavano, alle quali non sarebbe potuto importare di meno di lui. Immaginava che lei fosse stata ferita da una persona amata. O da una persona cara. Qualcuno vicino a lei.

Gli occhi rossi della donna erano dello stesso colore della punta del naso. Un paio di altre lacrime scesero libere lungo le sue guance. Mace avrebbe voluto disperatamente chinarsi e asciugare quelle lacrime con le labbra. Avrebbe voluto stringerla a sé e prenderla fra le braccia, stringerla fino a strizzare via i demoni da entrambi. Avrebbe voluto perdersi dentro di lei e ridursi a pura sensazione, dimenticare tutto ciò che non erano loro due. Ma non voleva nemmeno opprimerla, dato che bramava tanto disperatamente il suo tocco. Non aveva abbastanza fiducia per protendersi per primo. Doveva essere lei a fare la prima mossa.

E, sorprendentemente, la fece.

Colby gli sfiorò il mento barbuto con il dorso delle dita. Inclinando la testa, seguì la mano con gli occhi.

Mace si allungò e le afferrò le dita, portandosele alle labbra. "Mi avevi promesso un bacio sulla bua. Capirò se non vuoi farlo. È davvero brutta."

La donna scosse leggermente la testa. Poi fissò la sua coscia deforme ancora per qualche istante prima di chinarsi e posargli le labbra calde sulla pelle.

Mace si ritrasse, chiudendo gli occhi. Le sue mani affondarono nei capelli di Colby, afferrandole con fermezza la treccia. Mentre le labbra di lei svolazzavano verso zone diverse della coscia, Mace si lasciò sfuggire un gemito. La donna voltò il viso e si sfregò la morbida guancia contro la sua pelle segnata.

"Oddio, Colby. Non fermarti," bisbigliò con voce rotta. "Ti prego, non fermarti."

La donna voltò il viso fino a posare l'altra guancia sulla gamba di Mace. Sollevò lo sguardo su di lui. Mace aprì gli occhi e le restituì lo sguardo. Colby aveva smesso di piangere e aveva un aspetto e un peso molto piacevoli, appoggiata al suo grembo. Mace avrebbe voluto restare così per sempre, ma il suo corpo aveva altre idee.

Le prese la mano, che gli stringeva la coscia buona, e la spostò leggermente fino a farle sentire quanto lo voleva. Accidenti, se la voleva. Avrebbe voluto affondare profondamente e duramente nella sua morbidezza e perdersi dentro di lei.

Le dita di Colby si chiusero attorno a lui attraverso il morbido e liso denim dei pantaloncini e lui spinse verso l'alto. Il suo respiro si fece più forte e la sua testa ricadde contro il cuscino. "Colby..." Mace deglutì a fatica. "Lasciami stare se non vuoi andare fino in fondo. È passato un bel po' di tempo da—"

"Anche per me."

Le parole della donna fecero scorrere un fulmine attraverso il corpo di Mace. Agganciò le mani dietro i gomiti di Colby e la sollevò, anche se lei evitò con attenzione la sua coscia lesa.

Mace sfilò l'elastico dalla treccia di Colby e liberò le ciocche di capelli uno alla volta. Il respiro della donna accelerò e i suoi capezzoli si inturgidirono, pronti al tocco di Mace... alla sua lingua, alle labbra e alle mani. Ora che i capelli di Colby erano sciolti, lui le sparse la criniera rosso scuro attorno alle spalle e si portò alcune ciocche alle dita, inalando il dolce profumo che ora riconosceva come suo. "*Cazzo*. Voglio avere i tuoi capelli addosso. Voglio sentirli contro la pelle."

Le sbottonò lentamente la camicetta fino a quando essa non penzolò aperta, lasciando scoperto il reggiseno di pizzo bianco. I grandi capezzoli scuri di Colby erano visibili attraverso il tessuto delicato – quanto bastava per farlo impazzire. Mace passò un dito lungo i bordi, sfiorando a malapena la pelle. E quando lei inarcò la schiena, lui non resistette alla tentazione di liberare quei capezzoli e le sganciò il reggiseno. *Perfetti*. Rotondi e pieni, contratti dalla voglia.

Una gentile carezza di un dito su una punta scura fece sì che Colby si contorcesse e bisbigliasse il suo nome. La donna si protese verso l'alto e gli affondò le mani nei capelli, per poi attirargli il viso verso di sé. E con quel gesto, gli mostrò quello che voleva, quello che desiderava.

Mace picchiettò con la lingua prima su una vetta e poi sull'altra. Lentamente, si prese un capezzolo in bocca, assaporando il gusto mentre Colby gli afferrava strettamente la testa, tenendolo fermo. La donna inclinò la testa all'indietro per dargli libero accesso. E approfittandone, lui le succhiò un capezzolo in bocca, poi l'altro, ripetutamente, fino a quando lei non sgroppò contro di lui e non lanciò un urlo.

Il miagolio sommesso di Colby gli rese il membro duro come l'acciaio. Si stupì di scoprire quanto faticava a controllarsi. "Colby, non so se ce la faccio—"

Lei premette le labbra contro le sue, zittendolo. Mace assaporò la sua dolce bocca, mordicchiandole il labbro inferiore. La sua lingua si infilò, vorticando contro quella di lei.

Le dita di Mace affondarono nel bacino di Colby. Voleva averla addosso, a cavalcioni. Aveva bisogno della sua fica calda premuta contro l'uccello, anche se uno strato di vestiti li separava.

Mentre la avvicinava a sé, si irrigidì e imprecò. "Porca miseria!" Si ritrasse, rompendo il contatto. Cercò di buttarla sul ridere, ma fallì miseramente. I crampi alla coscia gli provocavano acute fitte di dolore in tutto il corpo. Abbassò la testa. Per il rammarico. Per l'imbarazzo. Per la voglia frustrata. *Merda.*

"Mi dispiace. C'è solo una cosa più forte del desiderio ed è il dolore."

Colby gli si tolse di dosso, le palpebre ancora appesantite dalla voglia. "Ti senti bene?"

"No." Mace strinse la mano a pugno, imprecando nuovamente. "Non hai idea di quanto ti voglia in questo momento."

"Ce l'ho, invece." La donna gli scostò i capelli dalla fronte. "Dobbiamo fare con calma. Forse è meglio così."

"No, non lo è, credimi. Ci sono due cose che mi fanno male. Una si può sistemare. L'altra no. Il problema è che quella che non si può sistemare governa la mia vita, in questo momento."

"Vado a prenderti le pillole?" Colby si alzò, si riallacciò il reggiseno e si chiuse la camicetta.

Mace trattenne un grido. Non di dolore, ma di frustrazione alla vista della sofferenza sul volto della donna. Perché lui aveva dovuto rinunciare dopo essere arrivato tanto vicino a scopare selvaggiamente quella donna bellissima.

Maledizione al bastardo che gli aveva sparato. Mace sperò che stesse bruciando all'inferno, dove lui lo aveva mandato con un biglietto di sola andata.

Non fece obiezioni quando Colby lo aiutò a salire le scale e a raggiungere la sua stanza. Si sdraiò sul letto, stringendo il copriletto, il muscolo della coscia scosso dagli spasmi. Cercando di non urlare ogni singola imprecazione a lui nota, strinse invece i denti. Non gli piaceva perdere il controllo di una situazione e che gli venisse un colpo se avrebbe lasciato che il dolore lo controllasse. Che controllasse la sua vita.

Trasse un sospiro di sollievo quando Colby tornò con un bicchiere d'acqua. La donna prese le pastiglie dal comodino e, dopo aver letto l'etichetta, gliene diede due. Si sedette al suo fianco e attese che gli spasmi si placassero.

Qualche minuto dopo, Mace allentò la mascella quanto bastava per ringraziarla. "Hai bisogno che ti aiuti a spogliarti?"

"No. Credo che tu abbia fatto abbastanza," sbottò lui. Si pentì immediatamente del suo tono di voce quando la donna emise un piccolo suono ferito. Le afferrò la mano, arrestando la sua fuga. "Colby, non volevo risponderti male. Non ce l'ho con te. Ce l'ho con me stesso. Apprezzo l'aiuto che mi hai dato. Credimi: mi piacerebbe moltissimo che tu mi togliessi vestiti," *e vederti di nuovo senza camicia; mi piacerebbe moltissimo succhiarti e leccarti le tette, quei capezzoli,* "ma non ora. Voglio che ce lo godiamo entrambi." Continuava a sentirsi un cretino e non voleva che lei se ne andasse ancora. "Per favore. Resta un po' con me." Diede un colpetto sul letto. "Sdraiati vicino a me."

Colby gli rivolse un'occhiata scettica. "Dai. Sono innocuo in questo momento e mi farebbe sentire meglio."

"Magari per un pochino," disse la donna, sdraiandosi prudentemente accanto a lui. Gli si incuneò contro, appoggiandogli la testa sul petto.

Quella donna si incastrava perfettamente fra le sue braccia. Calda, morbida. Perfetta. Il respiro di Mace si fece più profondo e, prima di rendersene conto, lui si addormentò.

MACE SI SVEGLIÒ DI SOPRASSALTO. Qualcosa di pesante gli opprimeva il petto. La sua mano si mosse automaticamente per toglierglielo di dosso, ma trovò dei capelli. E della pelle. Pelle calda, liscia.

Voltò la testa verso la sveglia sul comodino. 12:15. Mosse le dita fra i capelli della treccia e Colby sospirò nel sonno. La stanza era buia, ma lui non ricordava di aver spento la luce. Lo aveva fatto lei? Si era alzata, l'aveva spenta e si era sentita ancora a proprio agio al punto da accoccolarsi accanto a Mace? Doveva essersi alzata a un certo punto, dato che aveva i capelli nuovamente raccolti in quella treccia stretta e controllata.

Oh, sì. Che lei fosse rimasta nella stanza significava che si sentiva decisamente più a suo agio con lui. Il buio non gli dispiaceva. Perdere un senso significava che gli altri lo compensavano. Poteva non essere in grado di vedere Colby, ma la sentiva al tatto e odorava il suo dolce profumo.

La testa della donna era posata sul suo petto, il fiato caldo che scivolava dentro e fuori dalle labbra schiuse. Gli smuoveva i sottili peli attorno al capezzolo, facendo inturgidire e contrarre quest'ultimo. All'improvviso, Mace divenne fortemente consapevole di dove si trovava il resto del corpo della donna. La spalla di lei era infilata sotto la sua mascella e i suoi seni gli comprimevano il fianco sinistro. La metà inferiore del suo corpo si curvava lontano dalle gambe di Mace, probabilmente per non provocargli ulteriore sofferenza alla coscia.

Con un braccio drappeggiato sulla vita nuda, la mano di Colby si appoggiava sul suo fianco destro. Lui le accarezzò il braccio dalla spalla alle punte delle dita. Le afferrò le dita e le fece scivolare il palmo sul ventre nudo, lasciando che si posasse sulla V rovesciata di peli che uscivano dai pantaloncini. Quando le dita della donna si mossero nel sonno, lui si scoprì improvvisamente molto, molto duro. E scomodo. Si sistemò, il che avvicinò la punta del suo membro alle dita di Colby. Molto vicino.

Il braccio sinistro di Mace si avvolse attorno a lei e lui allungò le dita in fondo alla schiena di Colby, infilandole nel varco fra i pantaloncini e la pelle. Le allargò fino a quando le punte non le sfiorarono la sommità della natica. La tentazione di accarezzarla lungo la fessura fino a trovare il buco stretto era forte; probabilmente, nessun uomo doveva essersi mai spinto fin laggiù. Invece, le percorse la pelle lungo il bordo della vita e fino al ventre. Passò il pollice attorno all'ombelico di Colby e, al terzo passaggio, allargò il resto delle dita. Erano lunghe a sufficienza da infilarsi fra i pantaloncini e le mutandine. Le punte scivolarono lungo l'elastico sottile; lui si chiese se le mutandine fossero di pizzo rosa.

Colby si mosse e il suo respiro accelerò. Piccoli sbuffi di vapore sfiorarono la pelle di Mace. O lei si era svegliata o il suo corpo pensava che stesse facendo un sogno davvero piacevole. Mace rotolò sul fianco, stendendo delicatamente Colby sulla schiena e piegandole le braccia sul cuscino sopra la testa. Incapace di vedere se lei avesse gli occhi aperti, Mace le passò un pollice lungo la mascella e sopra le labbra schiuse. Avrebbe potuto giurare che la lingua di lei gli avesse leccato il polpastrello del pollice. Infilò il pollice... e lei lo morse. Il membro di Mace si spostò nei confini ristretti dei boxer, pronto a uscire a giocare.

Mace passò una mano lungo il collo di Colby e le percorse la clavicola – da una parte e dall'altra – prima di seguire la curva esterna del seno. Con l'altra mano, si slacciò il bottone dei pantaloncini e abbassò la cerniera. Dopo aver levato le mutande di torno, le sue dita accarezzarono la punta del membro, scivolosa di liquido seminale. Si afferrò la punta e spinse con forza contro il palmo, sollevando il bacino dal letto.

Si masturbò con movimenti lunghi e languidi mentre continuava a percorrere la curva del seno di lei, tracciando cerchi sempre più piccoli fino a trovare il bordo dell'areola attraverso la camicetta e il reggiseno, per poi pizzicare il centro duro. Lei sussultò e gli mise una mano sopra la sua. Non disse una parola. Invece di fermarlo, spostò la mano di Mace all'altro seno. Il respiro di Colby si ruppe e le sfuggì un piccolo gemito.

Una mano lo incoraggiò a continuare l'esplorazione mentre l'altra trovava quella di Mace che accarezzava in lunghezza la sua erezione. Colby infilò le dita sotto quelle di lui per prendere il controllo. La sua mano era più piccola di quella di Mace, ma accidenti, era una scelta decisamente migliore. Passò attorno alla punta, raccogliendo il liquido seminale, usandolo per lubrificare il resto dell'asta mentre si muoveva dalla radice alla punta.

Senza interrompere il contatto, Mace si mise sopra di lei, prendendole le labbra, il fiato caldo e i piagnucolii mentre lui si contorceva e pizzicava le vette dure. Le loro lingue si intrecciarono e lottarono fino a quando entrambi non annasparono.

Mace sollevò la camicetta e il reggiseno di Colby e sostituì le dita con la bocca sul capezzolo scoperto. Succhiò, smosse e leccò fino a farla tremolare. Più energicamente e più in fretta lei lo masturbava, più liquido si accumulava, facendo sì che la sua mano fosse scivolosa come una etichetta stretta. Mace stava perdendo la testa. Più energicamente lei lo masturbava, più forte lui le succhiava i capezzoli, fino a quando Mace non scalfì con i denti la punta dura, facendo fremere il corpo di Colby contro il suo. Lei gli strinse il membro così forte che lui pensò che la punta sarebbe schizzata via.

Con un gemito, Mace si ritrasse e si mise frettolosamente in ginocchio fra i polpacci di Colby. Dopo che lui le ebbe strappato via pantaloncini di cotone e le mutandine, lei li scalciò via. Mace infilò le spalle sotto le cosce di Colby e le sollevò mentre le spalancava, aprendola a sé. Rimpianse che la luce non fosse accesa; avrebbe voluto vedere la sua carne piena e arrossata. Dal solo tatto, capì che lei teneva in ordine i peli del pube, ma non li rasava; avrebbe tanto voluto vedere i peli rosso fuoco che incorniciavano tutta la sua gloria. *Presto,* si ripromise.

Il godurioso profumo di Colby gli fece venire voglia di venire in quel momento. Allontanato il pensiero, si allargò fra le gambe di Colby. Mosse un dito su e giù lungo le pieghe umide, un po' più a fondo ogni volta fino a quando la punta del dito non stuzzicò il clitoride sensibile, facendole sobbalzare il bacino. Mace la bloccò con un braccio sulla vita.

Succhiò il bottoncino del piacere di Colby e glielo picchiettò con la lingua, facendola contorcere. Passò due dita sopra le pieghe lubrificate, quindi le affondò brevemente prima di proseguire verso il posteriore. Si mosse attorno al buco stretto, tentato di infrangere quella barriera, ma sapeva che era troppo presto. Per cui, infilò le dita nelle profondità della vagina mentre le sue labbra, la sua lingua e i suoi denti proseguivano a giocare con il clitoride.

Colby piagnucolò e gridò mentre affondava le dita nei suoi capelli, afferrandoli con forza, provocando dolore, stringendo e rilassando la presa. Mace si mosse verso il basso e leccò le pieghe delle labbra, continuando a fare avanti e indietro con le dita. Anche se la teneva ferma, lei mosse il bacino contro di lui, andando incontro a ogni affondo.

Mace non ce la faceva più. Le sue palle erano così contratte, il suo uccello così duro, da rendere quello il piacere più doloroso che avesse mai conosciuto. Colby gli tirò i capelli, sollevandogli la testa. Dopo averlo afferrato sotto le braccia, lo incoraggiò a mettersi sopra di lei. Mace diede un'ultima, lunga leccata al clitoride, assaporandone il gusto, e si rotolò via da Colby, cercando a tentoni il cassetto del comodino. Presto trovò quello che stava cercando e rese silenziosamente grazie a se stesso per essersi ricordato di comprare dei preservativi nuovi. Lacerò l'involucro e infilò il profilattico.

Ora era supino, con il membro che sporgeva dal corpo. Afferrò Colby per la vita con entrambe le mani e la sollevò, mettendosela sopra. Lei prese posizione, sistemandosi a cavalcioni delle sue cosce, e il membro di Mace le sfiorò la pelle scivolosa. Colby si mosse in avanti. Le pieghe calde gli sfiorarono i testicoli e scivolarono lungo il suo membro finché lei non rallentò e si fermò quando la punta le punzecchiò l'apertura.

Colby aveva finito di togliersi la camicetta e il reggiseno mentre lui si avvolgeva nel lattice, il che gli permise di prenderle in mano i seni pesanti, spingendoli l'uno verso l'altro in modo che i capezzoli si toccassero. Mace afferrò entrambe le punte e se le rotolò fra pollice e indice.

Colby si abbassò con un gemito, seppellendo profondamente il membro di Mace dentro di sé. Lei si agitò e lui si contorse e le pizzicò i capezzoli. Più forte pizzicava, più profondamente lei si sfregava contro di lui.

Mace lasciò andare i capezzoli di Colby per affondare le dita nelle sue natiche, controllando i suoi movimenti, rallentandola per un attimo prima di allungarsi sotto di lei da dietro. Le pieghe umide della donna si allargarono, la pelle delicata tesa mentre gli avvolgeva il membro. Mace accarezzò con un dito la striscia di pelle fra il sesso e il posteriore, quindi mosse il dito lubrificato attorno al buchetto vergine di Colby. Ancora una volta, fu tentato. Premette leggermente contro la strettezza, per vedere se lei lo avrebbe incoraggiato a fare il passo successivo. I movimenti della donna si fecero disperati, strizzandogli il membro con il sesso bollente. Merda; non era solo lei a essere vicina. Le accarezzò l'anello di muscoli fino a quando lei non si rilassò un poco, quindi fece la sua mossa. Infilò un dito dentro e lei gridò mentre le convulsioni la scuotevano e l'orgasmo la lacerava. Con il dito affondato nel sedere di Colby e il membro seppellito ancora di più dentro di lei, Mace si lasciò andare. Venne con una ferocia che non sentiva da molto tempo mentre i muscoli interni di Colby lo svuotavano.

Quando lei crollò, lui strinse a sé il suo corpo afflosciato. Il cuore gli batteva all'impazzata e il suo membro pulsava ancora. Si sfilò il preservativo e lo avvolse in un fazzoletto. Lo avrebbe buttato più tardi, perché in quel momento non sarebbe riuscito a muoversi neanche provandoci.

Passandosi una mano sulla fronte, esalò un respiro tremante. Che esperienza incredibile.

Ma prima di perdere la battaglia col sonno, si rese conto che nessuno di loro aveva detto una sola parola.

Capitolo cinque

Iʟ ꜱoʟe le scaldava la guancia. Come aveva fatto ad addormentarsi nuda nel parco con il suo cane?

Colby aprì gli occhi di uno spiraglio e per un attimo si ritrovò accecata. Il suo cane d'infanzia non era sdraiato accanto a lei. No. Quello era Mace. Lei era nel letto dell'uomo, non al parco. Ma era decisamente nuda. Su quello non c'era dubbio.

Una gamba ugualmente nuda, ma pelosa, le intrappolava la coscia, e un braccio pesante le attraversava il petto, bloccandola a letto. E una mano le circondava possessivamente un seno. Lanciando un'occhiata di sottecchi a Mace, Colby trasse un sospiro di sollievo quando si rese conto che l'uomo stava ancora dormendo, con il respiro che gli sfuggiva dolcemente dalle labbra schiuse in un ritmo costante.

Aveva commesso un grande – *no, no, no, enorme* – errore lasciando che le emozioni – o meglio, gli ormoni – prendessero il sopravvento e andando a letto con un uomo che conosceva da soli tre giorni. D'accordo, ormai erano quattro. Comunque, lo conosceva a malapena.

Si era ripromessa che non si sarebbe mai più ritrovata in quel genere di situazioni. Mai più. Eppure, eccola lì...

Stupida, stupida, stupida.

Colby si sfilò lentamente da sotto il braccio di Mace. Entrambi dovevano dimenticare la notte prima. Lei non era pronta a lasciarsi coinvolgere con quell'uomo o con chiunque altro.

Doveva fuggire dalla sua stanza prima che lui si svegliasse. Mentre svicolava dalla sua presa, trattenne un gemito. Era un po' indolenzita: la notte prima, aveva usato muscoli che aveva dimenticato di avere e che non aveva mai saputo di avere. Il solo pensiero di alcune delle acrobazie che avevano fatto fece reagire nuovamente il suo corpo.

Poi vide l'ora e il suo cuore si fermò. 8:28!

Merda! Doveva essere al lavoro alle nove. E non solo doveva ancora fare la doccia e vestirsi, ma il campus distava venticinque minuti di auto.

Non potendo trascinarsi dietro il lenzuolo senza svegliare Mace, Colby corse in corridoio portando soltanto il mucchio di vestiti premuto contro il petto. Raggiunto il bagno, chiuse la porta a chiave e saltò sotto la doccia.

Con i capelli ancora bagnati, si infilò frettolosamente gli abiti da lavoro. Con una scarpa sola addosso, provò a infilarsi l'altra mentre correva lungo il corridoio, solo per fermarsi alla vista di Mace che se ne stava appoggiato alla parete vicino alle scale.

L'uomo indossava solo i pantaloncini e il suo petto nudo le mozzò il fiato. Erano segni di morsi quelli vicini al capezzolo? Accidenti, lei ricordava di aver morso e leccato e picchiettato con la lingua quei noccioli duri e stretti.

"Mace..." Si maledisse per il suono della sua voce roca. Naturalmente, ciò era dovuto alla fretta e non aveva nulla a che vedere con la vista dei pettorali muscolosi dell'uomo. *Sì, come no.*

"Sei in ritardo?" chiese l'uomo con un sopracciglio inarcato, come se non avesse nulla di meglio da fare che guardarla mentre correva come una scema.

"Altroché." Finalmente, Colby riuscì a infilarsi quella maledetta scarpa. Quando si raddrizzò, evitò lo sguardo dell'uomo. E tutto il resto.

"Volevo ringraziarti—"

Colby iniziò a scendere le scale, infilandosi la camicetta nei pantaloni. "Non ora. Parliamone più tardi."

Non voleva trattarlo male, ma non aveva tempo di chiacchierare se voleva conservare il lavoro. E ne aveva disperatamente bisogno. E poi, non voleva ripercorrere quello che era successo. Non ora. Mentre attraversava di corsa l'ingresso, afferrò la valigetta.

"Preparo io la cena," chiamò l'uomo giù dalle scale. "A che ora stacchi?"

"Alle cinque." Colby chiuse la porta di casa sbattendola. Raggiunto il primo gradino, si rese conto di aver dimenticato le chiavi dell'auto.

La porta si aprì di uno spiraglio e il braccio di Mace si allungò, il portachiavi che tintinnava sulla punta del dito. "La cena sarà pronta alle sei. Non dimenticartelo."

Colby afferrò le chiavi e corse all'auto, esclamando: "D'accordo! Ci sarò."

<hr>

Il profumo della cena colpì immediatamente Colby quando lei aprì la porta. Era spaventosamente in ritardo. Non essendo più abituata ad avere qualcuno che l'aspettava a casa, non aveva nemmeno pensato di telefonare. Ma onestamente, non si era resa conto che lui era serio quando aveva detto che avrebbe preparato la cena.

Dopo aver posato la valigetta sul tavolo dell'ingresso, si tolse le scarpe a calci per percorrere silenziosamente il corridoio fino alla cucina.

Se Mace era arrabbiato, aveva tutto il diritto di esserlo. *Porca miseria.* Colby aveva combinato un altro disastro. Sfortunatamente, capitava sempre più spesso.

Sbirciò oltre l'ingresso e vide la tavola apparecchiata, i bicchieri colmi di quello che sembrava vino rosso e Mace che non si vedeva da nessuna parte. Via libera. Per ora.

Colby entrò cautamente in cucina. Il lavandino era pieno di pentole e un libro di cucina era aperto sul piano. "Mace?"

Silenzio.

Colby confrontò l'orologio da polso con quello alla parete per assicurarsi che l'ora fosse corretta. Lo era. 8:15.

"Accidenti, mi dispiace tanto," bisbigliò alla stanza vuota.

"Non è un problema," disse una voce profonda da dietro di lei.

Colby sussultò e il suo cuore si fermò per un istante. Si voltò verso Mace, sperando che la capisse, sperando... sperando solo di non avergli fatto del male dandogli buca. "Mace, mi dispiace tanto."

Lui sollevò pigramente una spalla. "Ti sei già scusata."

"Avrei dovuto chiamarti. Non ci ho pensato. Non sono abituata a tornare a casa e–"

"Nessun problema." L'uomo la interruppe mentre le passava accanto. Quando raggiunse il lavandino, si voltò verso di lei. "Davvero."

Colby mosse il braccio verso il tavolo, indicando le stoviglie e le candele ora fredde. Dovevano aver bruciato per un bel po'; la tovaglia era piena di cera.

Non riusciva a incrociare lo sguardo dell'uomo, anche se

lui non sembrava arrabbiato o ferito, ma... "No, il problema c'è eccome. Non mi ero resa conto che avresti preparato una cena in grande stile. Pensavo a un piatto di spaghetti."

"Infatti."

"Come?"

Lo sguardo di Colby corse al viso di Mace, ma improvvisamente lui si voltò verso il lavandino e cominciò a sfregare le pentole, mettendoci un po' più di energia del necessario. "Avevo fatto gli spaghetti. Integrali, tra l'altro. Con un sugo bianco alle vongole e pane all'aglio e formaggio. Ne ho tenuti un po' in caldo. Li vuoi?"

"Vuoi... Vuoi che io li mangi?" chiese sospettosamente Colby, cercando di soppesare l'umore dell'uomo.

Mace ficcò una pentola umida nella vasca di drenaggio. "Certo. Li ho preparati per te, no?" Se era possibile che la facesse sentire ancora peggio, c'era riuscito.

"Sì, mi piacerebbe. Ma lascia che vada a cambiarmi. Non vorrei sporcarmi gli abiti da lavoro di sugo."

"Sarà tutto pronto quando scenderai."

Colby salì le scale di corsa e si cambiò in un lampo. Vestita con un paio di pantaloncini color cachi e una vecchia maglietta di Elton John, scese frettolosamente le scale.

Mace si sedette di fronte a lei mentre Colby mangiava. E Colby pulì il piatto. Fra una forchettata di pasta deliziosa e l'altra, si complimentò con l'uomo per la sua cucina, mantenendo la poca conversazione che fecero il più leggera possibile. L'umore di Mace parve alleggerirsi un poco, proprio come voleva lei. Ma Colby doveva ammettere che il cibo era davvero gustoso. E Mace era stato premuroso al punto da preparare il pane all'aglio con una pagnotta di pane integrale.

Prima che lei potesse specchiarsi da sola, lui le allontanò le mani dal piatto, lo sciacquò e mise il tutto nella vasca di drenaggio.

Era un uomo meraviglioso.

Troppo meraviglioso. Colby continuava ad aspettare l'inevitabile, dato che non era abituata a quella rabbia controllata. Lei aveva ferito i suoi sentimenti e giurò che non lo avrebbe fatto mai più.

Si versò un altro bicchiere di vino. Mentre lo sorseggiava, attese che l'uomo facesse la mossa successiva. Avrebbe voluto che le urlasse contro per il ritardo o per la cattiveria che lei aveva mostrato non chiamandolo. Avrebbe voluto che le gridasse contro per qualcosa. Ma non lo fece.

Colby era abituata a uomini che si esprimevano rumorosamente. Non sapeva come affrontarne uno che rimuginava in silenzio.

Forse si sbagliava. Forse non era davvero successo chissà che. Forse aveva solo immaginato le sottocorrenti fra di loro. Forse, la sua era solo paranoia...

Forse.

MACE GUARDÒ COLBY riempirsi il bicchiere per la terza volta e si chiese se fosse davvero dispiaciuta di essersi persa la sua – la *loro* – cena. Di solito, Mace non cucinava, ma non aveva intenzione di dirglielo. E lei non aveva nemmeno visto il dolce che lui aveva nascosto in frigorifero. Sì, Colby si era scusata, ma...

Seduto da solo a tavola alle sei, alle sette e fino alle otto, Mace si era reso conto che Colby aveva di meglio da fare nella vita che tornare a casa da uno storpio. Non c'era nulla che li legasse; facevano solo sesso. Anzi, lo avevano fatto una volta. Quella donna aveva una vita sua da vivere.

Molto probabilmente, aveva cenato prima di tornare a casa. Magari col suo assistente, Matt o come si chiamava.

Probabilmente, aveva mangiato il cibo cucinato da Mace solo perché si era dispiaciuta dopo aver visto la tavola.

Col cazzo che lui le avrebbe fatto vedere che lei gli aveva fatto del male. Era più facile far finta di niente.

Anche se ora Colby stava trangugiando il vino e lui non sapeva come interpretare la cosa. Avrebbe pensato che, dopo la sessione di sesso incredibile della notte prima, lei non avesse bisogno di ubriacarsi per trascorrere un po' di tempo con lui. Forse aveva pensato per tutto il giorno che non voleva stare con un tizio che era merce avariata.

La stanza era stata buia la sera prima; forse Colby non sopportava l'idea di scoparlo alla luce, dove poteva vedere i suoi difetti. *Bah.* Mace era un adulto; poteva farsene una ragione.

Ma quando Colby suggerì di andare a rilassarsi in salotto, Mace prese la bottiglia di vino mezza vuota, il bicchiere e la seguì. Si fermò sulla soglia che separava la cucina dal salotto. Cosa stava facendo? La stava seguendo come un cagnolino solo e abbandonato?

Stava per voltarsi e andarsene quando Colby diede una pacca sul divano accanto a sé. Mace si sedette obbediente, mettendo la bottiglia sul tavolino. Quanto potere aveva su di lui un po' di sesso. Lo aveva trasformato in un vero e proprio zerbino.

Pronto a un'altra delusione.

"Allora, come va la gamba?"

Mace fece una smorfia. La gamba era l'ultima cosa di cui voleva parlare. "È un po' rigida."

Colby si voltò verso di lui dopo aver posato il bicchiere. "Perché?"

"Questa mattina ho ricominciato la fisioterapia."

"Dove la fai?"

Le interessava davvero? O stava solo cercando di chiacchierare? "Al Community General."

"Devi andare tutti i giorni?"

"No. Tre volte alla settimana, ma devo fare degli esercizi a casa tutti i giorni."

"È doloroso? No, non rispondere: deve esserlo per forza."

Le dita di Mace si strinsero attorno allo stelo del bicchiere. *Porca vacca.* Non voleva che Colby avesse pietà di lui. "Non mi importa. Voglio camminare. Voglio tornare a essere normale. Non voglio camminare con il bastone o con il deambulatore come un vecchio. Non voglio restare handicappato per il resto della vita. Devo rafforzare i muscoli il più possibile."

"Tu non sei handicappato." La donna gli appoggiò le dita calde attorno all'avambraccio.

Mace osservò il contrasto della delicata mano bianca di lei con la sua pelle molto scura. Disse: "No? A me sembra di sì," con un po' più di forza del necessario. Scosse la testa e trasse un respiro profondo prima di proseguire. "Nel mio lavoro, zoppicare è un handicap."

"Non è così male."

Mace rise, ma non riuscì a trattenere l'amarezza. "Mi stupisce che tu dica così, dopo averlo visto ieri notte."

Colby fece spallucce. "Non mi disturba."

"Beh, disturba me."

Lei gli strinse leggermente il braccio. "Mace–"

"Colby." Mace esitò per una frazione di secondo prima che il resto delle parole gli sfuggisse tutto assieme. "Vorresti aiutarmi con la fisioterapia?"

Porca miseria. Lui voleva davvero l'aiuto della donna, ma non avrebbe voluto chiederglielo in quel modo. Non dopo il fiasco della cena. Cazzo, ora avrebbe dovuto sperare che lei dicesse di sì.

Colby spalancò gli occhi e aprì la bocca prima di chiuderla per dire: "Non saprei. Non so come si fa."

Beh, non era un no definitivo. Mace si disse che lavorare insieme avrebbe fatto bene a lei e a lui. A tutti e due. Mace era proprio come la casa di Colby: un lavoro in corso, un progetto da affrontare. "Dai, non è difficile. Senti: l'ospedale dista pochi chilometri dall'università. Perché non passi a trovarmi in pausa pranzo durante la mia prossima sessione? La mia fisioterapista sarebbe lieta di mostrarti cosa fare."

Voleva – aveva *bisogno* – del suo aiuto. Perdiana, la voleva in generale. Aveva bisogno di vedere i suoi capelli rossi sparsi sul cuscino mentre lui la martellava fino a venire. I piccoli suoni miagolanti che lei aveva emesso la notte prima gli colmarono nuovamente la testa. Dopo essersi spostato in una posizione più comoda per il suo membro sempre più lungo, Mace esalò un respiro lungo e lento, riportando i pensieri sull'argomento della conversazione.

Quando Colby continuò a esitare, lui decise che era ora di cominciare a fare sul serio. "Facciamo così: se tu mi aiuterai con gli esercizi, io ti aiuterò con la casa." Sapeva che Colby non poteva resistere a quell'offerta. Il desiderio di Mace di camminare normalmente era forte quanto il desiderio di lei di finire la casa. Quali che fossero i suoi ragionamenti. Mace sollevò il bicchiere di vino. "D'accordo?"

Un attimo dopo, il bicchiere di Colby tintinnò contro il suo. "D'accordo."

Mace non riusciva a togliersi un sorriso dal volto.

Capitolo sei

"Sai, domani è sabato e c'è molto da fare alla casa."

Mace sollevò la testa dal lettino e vide Colby avvicinarsi minacciosa. Il suo cuore batteva un po' più forte e molto più velocemente mentre guardava la sagoma snella della donna attraversare la saletta. Il sollievo per il fatto che si era presentata davvero lo travolse.

Robin, la sua fisioterapista, concluse gli esercizi con lui prima di chiedere: "È questa la donna a cui vuoi che io insegni?"

"Sì, proprio lei." Mace si avvicinò alla fisioterapista e bisbigliò a voce alta: "È molto sveglia. Dovrebbe capire subito."

"Ehi, ho sentito!"

Dopo essersi presentata a Robin, Colby strinse la mano alla donna più matura e robusta e disse: "Da quello che ho visto finora, non mi sembra duro."

Mace notò l'arrossire di Colby, che si allargò fino alle lentiggini del naso. Rivolse lo sguardo a Robin, che era all'incirca tre volte la stazza di Colby e di vent'anni più anziana, per evitare che gli venisse un'enorme erezione.

"Non lo è. Ma lui deve fare una certa quantità di esercizi quotidiani e ha bisogno di aiuto. Non è facile farli da soli," ammise Robin. "Lui è un paziente facile, perché vuole migliorare, a differenza di altra gente con cui ho lavorato. E se tu dovessi dimenticare qualcosa, sono sicura che lui se la ricorderà. Conosce la routine. Il suo vecchio fisioterapista ha fatto un buon lavoro."

"Guardate che sono ancora qui. Sarò anche storpio, ma non sono sordo." Mace si tamponò il sudore dalla fronte con un asciugamano. In parte, esso era dovuto alla fisioterapia; in parte... Beh, gli era difficile non pensare alla notte prima.

Robin si chinò su di lui e disse: "Un dollaro nel vasetto per ogni volta che dici quella parola." Fortunatamente, la donna era tutto fumo e niente arrosto.

Mace ridacchiò. "Robin, spiegagli gli esercizi mentre io faccio una pausa."

"Ti piacerebbe. Ti userò per una dimostrazione. Colby, potresti prendere quella banda elastica blu?"

Mace finse di gemere, anche se non gli dispiaceva fare un po' di esercizio in più. Più ne faceva, meglio si sentiva... fino a quando, più tardi, non ne pagava il prezzo. Colby guardò Robin che gli faceva fare il gruppo di esercizi successivo con l'ampia banda elastica. Almeno, concentrarsi sugli esercizi gli consentiva di tenere puliti i pensieri.

Per quaranta minuti, Robin spiegò e mostrò una serie di allungamenti e di esercizi. La fisioterapista e Colby si scambiarono occasionalmente di posto, per assicurarsi che Colby sapesse come assistere Mace nella maniera corretta.

Alla fine, Mace era zuppo di sudore e Colby aveva un'aria stanca. Proprio come lui.

Robin gli lanciò un asciugamano pulito e andò a prendere

carta e penna per scrivere alcuni appunti per Colby. In assenza della fisioterapista, Mace approfittò pienamente della solitudine.

Si stava sollevando sui gomiti quando Colby disse: "Ci sono molte cose da ricordare."

Mace avrebbe voluto cancellare l'incertezza dalla sua espressione, ma sapeva che il primo approccio alla sua fisioterapia poteva essere difficile. "Fra gli appunti di Robin e il sottoscritto, non ci saranno problemi. So che ti sto chiedendo molto."

"Non dire sciocchezze. Io voglio aiutarti." La donna gli rivolse un sorriso timido. Poi gli passò una mano lungo il braccio e gli strinse le dita. Il gesto lo rassicurò.

"Ci saranno altri esercizi che possiamo fare. Che non ci sono negli appunti di Robin."

"Per esempio?"

Colby lanciò un'occhiata a Mace, che ancora giaceva sul lettino. Una frazione di secondo più tardi, il suo rossore tornò a piena forza. "Oh."

"Quegli esercizi sono molto più divertenti."

"Ci scommetto. Mace–"

Lui aveva già capito che lei si era pentita che avessero scopato l'altra sera. Era troppo palese per non notarlo. Per non parlare del fatto che, da allora, Colby aveva evitato qualunque contatto intimo. Ma lui non intendeva rinunciare ad averla di nuovo sotto. Sopra. Non era schizzinoso. Voleva solo sentire la sua fica calda, umida, stretta che gli scivolava su per l'uccello. Dapprima lentamente e in maniera provocante, poi forte e veloce fino a quando entrambi non avrebbero desiderato disperatamente venire. Immaginò i loro corpi uniti che sbattevano l'uno contro l'altro fino a quando le sue palle non si contraevano e tremavano e–

Merda.

All'improvviso, si ritrovò nuovamente Robin sopra. Si buttò in fretta l'asciugamano umido in grembo. Colby aveva le orecchie viola per l'imbarazzo. Cristo, anche lei doveva esserselo immaginato.

Con una mano tremante alla gola, Colby dovette fare tre tentativi prima di riuscire a chiedere: "È davvero necessario che lui prenda tutti quegli antidolorifici? Non provocano dipendenza? Vorrei provare con dei rimedi erboristici."

Quelle domande bastarono a raffreddare l'immaginazione perversa di Mace. "Giù le mani dalle mie pillole," la ammonì. Poteva anche volerla scopare fino a farla urlare – beh, fino a urlare lui stesso – ma non avrebbe tollerato che lei controllasse la sua vita. Colby non era sua madre... né sua moglie.

"Mace, puoi trovare i rimedi naturali anche senza liberarti del Vicodin," gli assicurò Robin. "E per rispondere alla tua domanda, Colby: sì, qualunque antidolorifico a base di idrocodone può provocare dipendenza. Ma il dolore ha il brutto vizio di provocare danni all'autostima. Crediamo che, se il paziente si sente meglio, la guarigione ne beneficia. Rimuovere o minimizzare il dolore ha effetti incredibili sulle persone. Libera dal promemoria costante che sono malate o ferite e dà al corpo la possibilità di guarire davvero." Robin gesticolò a indicare che lei e Colby dovevano scambiarsi.

Robin proseguì. "Ma gli antidolorifici sono una tua scelta. Non sei costretto ad assumerli, Mace; lo sai. Colby, se riesci ad aiutarlo con le erbe o quello che è, ben per te. Anche io preferisco le soluzioni naturali. Ma deve essere lui a decidere. La cosa più importante, Mace, è che tu prosegua la riabilitazione, recuperando tono muscolare e mantenendo la flessibilità."

Mace si sdraiò sul lettino e sorrise. "Mi piace avere addosso le mani di due donne."

Robin levò gli occhi al cielo. "Togliti i pantaloni; è arrivata la tua parte preferita."

Mace sorrise quando il volto di Colby si tinse ancora una volta dello stesso colore dei capelli.

COLBY NON AVEVA bisogno di guardarsi nello specchio per vedere che era rossa come un peperone. Ma aveva fatto un patto con Mace. Un patto col diavolo, a occhio e croce. Fino a quel momento, lui aveva fatto la sua parte, per cui lei doveva fare la propria.

L'uomo l'aveva aiutata per tutto il giorno in casa, senza mai lamentarsi. Beh, quasi mai.

Ma si era anche fatto in quattro assieme a lei. Avevano portato a termine più lavori di quelli che lei avrebbe creduto possibile. Avevano rimosso e grattato via tutta la vecchia carta da parati dal piano di sopra. Colby aveva sperato di riuscire a ripulire e preparare una stanza per la tinteggiatura. E invece erano riusciti a farle tutte quattro.

Ora, lei doveva fare le cose che Robin le aveva insegnato il giorno prima. Che le piacesse o meno.

Sebbene fossero entrambi madidi di sudore, quello di Mace derivava più dal dolore che dalla fatica. Dopo aver fatto gli esercizi usando il letto come lettino improvvisato, erano arrivati alla sua "parte preferita." L'uomo si era già abbassato i pantaloni della tuta e ora giaceva sulle lenzuola vestito soltanto con i boxer e una maglietta.

Chinandosi sul letto, Colby cercò di non fissare lo sguardo sulla zona da cui doveva tenere lontano occhi e mani. Ma doveva lavorare vicino a quella parte del corpo in cui il suo sguardo tornava a correre. E Mace aveva reagito alla sua vicinanza.

All'improvviso, trovò difficile deglutire, dato che aveva notato la lunga linea dura del membro dell'uomo premere contro il cotone aderente.

"Non devi farlo per forza, Colby. Anche tu hai lavorato sodo per tutto il giorno. Se non vuoi, capirò."

Colby si rese conto che si stava masticando il labbro inferiore e mollò la presa. "No. Lo... Lo faccio. Robin ha detto che ti aiuterà a rilassare i muscoli e a prevenire i crampi."

"Non so come faranno i muscoli a rilassarsi con le tue mani dappertutto."

Era possibile che il suo volto si scaldasse ancora di più? "Non *dappertutto*."

"Beh, se vuoi farlo, fallo. Mi sento..." Mace si acciglò in maniera esagerata. "Scoperto. Un bersaglio facile."

Lei rise, sentendosi improvvisamente un po' più sollevata. Dunque, non era l'unica a disagio. Sotto più punti di vista. "D'accordo, dimmi se ti faccio male."

Trattenendo il fiato, posò timidamente le mani su quello che restava dell'interno coscia di Mace e massaggiò. Sebbene l'altra sera non avesse avuto problemi a toccare il corpo dell'uomo, adesso le sembrava diverso. Lei si sentiva diversa. Mace cominciava a... *piacerle*. Non era più solo una questione sessuale.

Colby apprezzava la compagnia di Mace e il suo senso dell'umorismo. La sua ombra di barba e i lunghi capelli castano scuro non erano solo sexy, ma le ricordavano un rinnegato. Una mina vagante. L'esatto opposto di lei, scienziata noiosa e inamidata.

Aveva bisogno di sciogliersi. Da quella notte buia in cui Mace Walker era entrato nella sua vita, aveva notato che si sentiva un po' più libera, un po' più contenta. Forse era solo la sua immaginazione, ma gli orgasmi multipli dell'altra notte avevano liberato qualcosa dentro di lei, qualcosa che lei non voleva confessare...

Mace gemette. Lei abbassò lo sguardo; le sue mani erano troppo in alto, troppo vicine all'erezione dell'uomo. Si staccò inorridita. "Mi dispiace. Non volevo farti male."

"Non lo hai fatto. È piacevole. Stavi massaggiando molto... intensamente."

Mace le prese le mani, il che sottolineava quanto più piccola di lui lei fosse. Le sue mani erano la metà di quelle dell'uomo. Colby ricordava come era stato avere quelle dita grosse e mascoline dentro, che la suonavano come uno strumento, che la facevano tremare e contorcere per il piacere. Strinse le labbra per trattenere un gemito.

Dopo essersi rimesso le sue mani sulla coscia, l'uomo strinse leggermente prima di mollare la presa. "Continua."

Le lo fece, ma con più titubanza, prestando più attenzione a quello che faceva.

"A cosa stai pensando?"

"Come?" Colby sollevò lo sguardo e vide gli occhi scuri dell'uomo che cercavano di scrutarle nell'anima. Lo sguardo accalorato di Mace la scottò, lasciandole una sensazione di liquido caldo che le scorreva lungo la schiena fino alle dita dei piedi. Le si piegarono le ginocchia e le parole le rimasero bloccate in gola. "Al lavoro." Ritentò. "Stavo pensando al lavoro. Martin e io siamo vicini alla chiusura di un progetto."

La scintilla negli occhi di Mace vacillò e morì all'improvviso. Probabilmente, il lavoro di Colby non gli interessava.

"Tu e Marty lavorate molto insieme?"

I muscoli dell'uomo si contrassero, per cui lei massaggiò un po' più velocemente. "Si chiama Martin e sì, lavoriamo sempre insieme. Te l'ho detto: è il mio assistente."

Mace strinse gli occhi. "È tutto quello che mi hai detto. Vi capita spesso di lavorare fino a tardi? Come l'altra sera?"

Colby mantenne il ritmo nonostante le sue dita si stessero stancando. Per non parlare del fatto che l'argomento del lavoro raffreddava il calore fra le sue gambe. "Di solito, no. Cerchiamo di non esagerare con gli straordinari. In primo luogo, perché non ci pagano a cottimo, e poi perché non vogliamo rischiare l'esaurimento."

"Già, dovete conservare le forze per quei progetti speciali. Dico bene?"

Il tono di voce ostile di Mace la colse alla sprovvista. Un'altra volta.

Lei smise di massaggiargli la gamba e fece un passo indietro. "Non so cosa stai insinuando. Ma se mi stai accusando di qualcosa... Tu credi che... Io... Noi..." Colby raccolse i pantaloni della tuta dal pavimento e glieli buttò in grembo, accigliandosi. "Credo che tu abbia bisogno di una doccia. Puzzi!"

Quando lei fece per andarsene, Mace la afferrò per un braccio, facendolo voltare verso di sé. "Colby."

L'uomo sembrava mortificato, ma a lei non importava. Liberò bruscamente il braccio. "No, Mace. Ora credo di aver capito. Perfettamente. Anche se Martin e io avessimo una relazione o quello che è..." Lo pungolò al petto con il dito. "Non..." Pungolò. "Sono..." Pungolò. "Affari..." Pungolò. "Tuoi." Dopo qualche altro affondo, tanto per stare sicura, Colby uscì precipitosamente dalla stanza e imboccò il corridoio, lasciando Mace a massaggiarsi il petto.

Sbatté la porta della sua camera da letto e chiese: "Chi diavolo crede di essere?" La porta non rispose.

Capitolo sette

"Sai, il patto prevedeva che ci aiutassimo a vicenda."

Colby lasciò cadere il pennello, guardandolo con orrore mentre affondava come un transatlantico nella latta di vernice verde foresta. Borbottò un'imprecazione e prese un mescolatore, che usò per cercare di recuperare il pennello. Senza successo.

"Lascia che ti aiuti."

Mace aveva il coraggio di starsene lì, bello e sexy con una maglietta nera aderente, mentre i suoi occhi scuri la imploravano di perdonarlo. Colby allontanò la sua mano. "No, grazie."

"Sei ancora arrabbiata con me?"

La voce bassa dell'uomo le provocò un formicolio lungo la spina dorsale. Colby *non* aveva intenzione di sentirsi in colpa per la rabbia che provava nei suoi confronti. Assolutamente no. "Perché credi che sia arrabbiata?"

Mace sollevò la maglietta e le mostrò il piccolo livido viola sul petto. "Non lo so. È una sensazione."

D'accordo, ora lei si sentiva davvero in colpa. Nonostante

non lo volesse. Avrebbe dovuto aiutare Mace con la riabilitazione, non fargli del male.

"Mi dispiace di essere stato uno stronzo, ieri sera. Hai ragione: non sono affari miei. La tua vita ti appartiene."

"Sì." Colby rinunciò a recuperare il pennello e andò a cercarne un altro.

"Sì?" Mace la guardò confuso.

"Sì, sei stato uno stronzo. Sì, non sono affari tuoi. Sì, la mia vita mi appartiene."

Mace sorrise e le lanciò un'occhiata di sbieco. "Mi perdoni?" Trovò un altro pennello prima di lei e lo raccolse. Dopo essersi inginocchiato, lo brandì come se fosse una spada ingioiellata, un'offerta di pace per una principessa. "Mia signora, se finisco di dipingere i tuoi mobili in vimini di questa splendida sfumatura di verde, mi perdonerai? Oppure mi taglierai la testa?"

Colby lo osservò per un momento, chiedendosi se non fosse il caso di toglierlo dalla graticola. Dopotutto, lui aveva fatto lo stesso con lei quando non si era presentata a cena. Alla fine.

Lanciò un'occhiata ai mobili di vimini che erano stati consegnati poco prima dal negozio di seconda mano. Erano sparsi per tutto il salotto. Colby voleva dipingerli in modo che, non appena finita la veranda, avrebbe potuto metterli fuori. "Ci penserò. Sempre che le pennellate siano omogenee e non ci siano sbavature."

"Sei dura."

Lo era e sarebbe stata la prima ad ammetterlo. Ma non ad alta voce. D'altra parte, doveva esserlo. Non avrebbe permesso a quell'uomo di entrare nella sua vita e ribaltarla completamente. Aveva già vissuto una relazione del genere e ne era uscita perdente. Non si sarebbe mai più scottata. Anche se ciò significava non trovare mai qualcosa di permanente. Uno di quegli uomini da "per sempre." Preferiva restare da sola per il resto della vita che vivere nuovamente quell'umiliazione e quel dolore.

Quando aveva avuto la fortuna di trovare lavoro alla Malvern University, il trasferimento le aveva consentito di ricominciare da capo e di frapporre una buona distanza fra lei e il suo ex-ragazzo Craig, un bastardo crudele e autoritario. Non riusciva a credere di aver sprecato due anni con lui. Due anni!

L'ultimo soggiorno in ospedale le aveva dato la sveglia. Era stanca di assumersi la colpa di cose che non aveva fatto. Non appena era uscita dall'ospedale, era uscita dalla vita di Craig. Con l'ingiunzione restrittiva in mano, era salita su un autobus e si era diretta verso Malvern. Da allora era trascorso più di un anno. Colby era sicura che il suo ex-fosse troppo impegnato con la sua nuova ragazza – quella con cui scopava mentre viveva con e, si supponeva, amava Colby – per curarsi della sua scomparsa.

Più ci ripensava e più si sentiva sciocca. Si levò i ricordi dalla testa come se fossero ragnatele.

Mentre guardava Mace che dipingeva le sedie, pensò che avrebbe sempre potuto prendere un cane che le tenesse compagnia. Un cane sarebbe stato più fedele e l'avrebbe amata incondizionatamente. Un cane non l'avrebbe tradita. O almeno, lei sperava di no.

"Proooonto?"

Colby scosse la testa, schiarendosi i pensieri. "Come?"

"È la terza volta che ti chiedo dove vuoi mettere questi mobili. Se non hai ancora deciso, ti suggerisco la veranda. Dopo che sarà stata messa in sicurezza, naturalmente."

"È proprio in veranda che ho intenzione di metterli. L'impresario ha detto che dovrebbe essere completamente riparata e pronta a essere dipinta entro la fine del mese."

"Posso osare chiedere il colore? O sarà qualche orrenda sfumatura di rosa?"

"Nessuno chiama più il rosa 'rosa.' Si dice 'zucchero filato' o al massimo 'albicocca pallido,' cacchio," scherzò lei. "Ma no, sarà color panna." Fece un sorrisetto alla vista del sollievo che Mace non si curò di nascondere. "Ho deciso di dipingere l'esterno della casa color panna, con accenti verde foresta. E magari un po' di oro." Si levò un filo sottile di capelli, sfuggito alla treccia, dal viso. "O magari di rosso."

"Non giallo sole come la cucina?"

"Detesti quel colore, vero? Ma volevo qualcosa di splendente e solare per la stanza migliore e più usata della casa. È proprio al centro; la gente si raduna laggiù. È dove le persone chiacchierano e mangiano insieme o bevono una tazza di cioccolata calda nelle fredde notti invernali."

"Preferisco fare cose a letto nelle fredde notti invernali. Ma anche il tavolo della cucina va bene."

Il tipico uomo che pensa a una cosa sola. Ma dopo che lui l'aveva detto, lei non riusciva a scrollarsi di dosso il pensiero di fare sesso con Mace sul tavolo della cucina. Sarebbe stato scomodo? Lei non ci aveva mai provato e forse il tavolo sarebbe stato ottimo–

Colby sobbalzò quando l'uomo le mise le mani sulle spalle. Mace si chinò su di lei, mormorandole nell'orecchio: "Pensi a quello che penso io?"

Il suo fiato le smosse i capelli sciolti vicino all'orecchio, facendole il solletico, mandandole un brivido lungo la spina dorsale. I suoi capezzoli si inturgidirono e la sua vagina si strinse per la pregustazione. Le labbra dell'uomo erano abbastanza vicine che, se solo lei avesse inclinato leggermente la testa...

Invece, Colby la scosse. "Solo se stai pensando a quanto saranno perfetti questi mobili in veranda."

Mace le passò le mani lungo le braccia e le tolse il pennello dalle dita. Dopo averlo appoggiato su un coperchio, voltò Colby verso di sé. Le sue grandi mani calde le circondarono le guance. "Ho delle fantasie di prenderti su questi teli. In alcune di quelle fantasie, disegno su tutto il tuo corpo, muovendo lentamente il pennello su punti sensibili, come le labbra, il seno, la–"

"Mace." Il cuore di Colby mancò un battito e, una frazione di secondo dopo, riprese a palpitare violentemente. Il calore le corse alle gambe, rendendo le sue mutandine calde e zuppe. Aveva bisogno che lui la toccasse. Voleva le sue labbra contro le proprie, così calde, così maschili. Prima di cambiare idea, abbassò la testa per catturare la bocca dell'uomo, soffocando il suo verso stupito.

Lui le afferrò il fondo della schiena per premerla contro di sé. Colby non avrebbe potuto essere più consapevole del suo corpo; il desiderio di Mace era palesemente pari al suo. Colby non poteva negare quanto lo voleva, soprattutto quando il suo corpo la tradiva.

Tremando, sfilò la maglietta dai jeans di Mace e infilò le mani sotto il cotone sottile, facendole scorrere sul petto bollente. Le sue dita seguirono i contorni fino a raggiungere i piccoli capezzoli maschili, già contratti, attorno ai quali lei passò i pollici. Il desiderio di passarci sopra i denti la travolse; voleva sentirlo prendere bruscamente fiato quando lei gli scalfiva la pelle. Magari lasciare un altro segno.

"È ingiusto; dovrei essere io a farlo a te. Toglila," ordinò Mace, la voce così tesa che suonava quasi sofferente.

Lei non esitò a sfilargli bruscamente la maglietta e a gettarla via. Tutti gli esercizi che lui faceva mantenevano i suoi muscoli sodi e snelli. Il solo vederli la eccitava; tranne che ora poteva toccarli, sperimentare la sua pelle bollente e vellutata, la ruvidezza dei peli scuri che svanivano sotto la cintola.

Mace sfiorò il bottone dei jeans.

"No." Colby lo fermò, allontanandogli con delicatezza le mani. "Faccio io."

L'uomo lasciò ricadere le braccia lungo il fianco e il suo sguardo si fece cupo, velato, mentre lei liberava il primo bottone e abbassava lentamente la cerniera.

Mace ringhiò sottovoce quando il dorso delle dita di Colby gli sfiorò il membro duro. "Cazzo. Tu mi fai morire." La afferrò per le braccia e la strinse a sé. "Almeno," le mormorò contro le labbra, "morirò sorridendo."

La abbassò sul telo, seguendola lentamente, e sbottonò l'ampia camicia da lavoro che nascondeva le sue curve.

Colby chiuse gli occhi per un momento mentre l'aria le raffreddava la pelle calda. Li riaprì quando lui le sganciò il reggiseno per poi sfilarglielo dalle braccia assieme alla camicia. Mace si chinò su di lei, fissandole i seni.

Poi li afferrò entrambi con le mani e baciò dolcemente ciascun capezzolo. Lei inarcò la schiena, sporgendosi più vicino alla sua bocca, le sue labbra, la sua lingua.

"Sei bellissima. Non dovrebbe esserti permesso di indossare vestiti."

Le sue parole spinsero Colby a scuotere incredula la testa. Chissà come avrebbe reagito l'università se lei fosse andata in laboratorio nuda.

"No, lascia perdere. Voglio che nessuno ti veda nuda, tranne me. Voglio vedere ogni centimetro di te, ogni curva, ogni ansa."

Colby rabbrividì e si perse ancora una volta.

Mace tuffò il viso fra i suoi seni, mormorando: "Colby, se hai qualche dubbio, fermami ora."

Colby si passò la lingua sulle labbra e sussurrò: "Mace, ti prego..."

Lui si fermò.

"Toccami."

Poi il corpo di Mace si modellò contro il suo mentre lui le sfregava il viso contro il collo e le mordicchiava il lobo dell'orecchio. Accarezzandole la parte esterna dell'orecchio con la lingua, le mormorò idee zozze, facendole girare la testa.

E lei voleva provarle tutte.

Mace le catturò il labbro inferiore fra i denti, tirando leggermente prima di baciarle ciascun angolo delle labbra. "Sei dolce... dolcissima. Voglio assaggiarti dappertutto."

Le slacciò il bottone dei jeans, sfilandole pantaloni e mutandine con un gesto navigato. Entrambi vennero lanciati in un angolo, rapidamente seguiti da quelli di Mace.

"Sei un esperto?"

Mace la zittì con la bocca; le loro lingue si scontrarono ferocemente. Le unghie di Colby affondarono nella pelle della schiena di Mace mentre il suo bacino danzava contro quello di lui. Il membro dell'uomo, la punta umida, era come acciaio duro avvolto nel raso. Lei dimenticò subito quello che aveva chiesto quando l'uccello di Mace rimbalzò, scivolò e rimbalzò di nuovo contro il suo bacino.

La ruvidezza del pollice di Mace che le accarezzava il capezzolo bastò a farle stringere le cosce per mantenere il controllo. L'uomo pizzicò e tirò prima uno, poi l'altro capezzolo, strappandole un grido. Colby gli premette le labbra contro la gola e non riuscì a trattenersi: affondò le dita nei muscoli contratti. Il collo dell'uomo si piegò e lui buttò la testa indietro, gemendo. Poi si spostò fino a quando il suo membro decisamente pronto non fu fra le cosce di Colby, stuzzicandola, scivolando contro il suo clitoride gonfio.

Prima di Mace, era trascorso molto tempo dall'ultima

volta in cui lei si era davvero goduta il sesso e Colby era decisa a trarre piacere da ogni secondo trascorso con lui. Avrebbe preso tutto quello che lui era disposto a dare. Ma voleva anche ricambiare, assaporare ogni centimetro, ogni curva soda e ogni linea compatta del corpo dell'uomo. E non avrebbe ignorato nemmeno le parti morbide.

Una mano le lasciò andare il seno e le sfiorò il pube umido: una carezza leggera che la fece quasi venire. Colby passò la lingua sui segni dei denti che gli aveva lasciato sulla gola e, con un'imprecazione, Mace le ficcò due dita in profondità, passandole il pollice sul clitoride. Colby inarcò la schiena e gridò il nome dell'uomo.

Con una carezza sulle labbra gonfie, Colby si aprì a lui. E le dita non bastarono più; aveva bisogno di ben altro. "Scopami," implorò con un gemito tormentato. "Subito. *Ti prego.*"

Lui le pizzicò più forte il capezzolo e sfilò le dita viscide solo per stringere il pugno attorno alla sua treccia, costringendola a tirare indietro la testa, scoprendole la gola vulnerabile.

Le leccò l'incavo del collo prima di chinarsi all'indietro e chiedere: "Sei pronta?"

La sua smorfia mostrava che faticava a mantenere il controllo, eppure la stuzzicava. La stuzzicava!

"Accidenti a te!"

L'uomo si trattenne comunque, il membro che le scivolava lungo la coscia, guizzandole contro la pelle. "Voglio essere sicura che tu sia pronta."

Le si allungò, gli afferrò il membro e lo attirò verso la propria apertura lubrificata. Snudò i denti e ordinò: "Adesso."

Non sapeva da dove lo avesse tirato fuori e non gliene importava, ma Mace sollevò un preservativo e glielo sventolò davanti alla faccia.

"Hai bisogno di qualcosa?" scherzò.

Lei gli strappò la confezione di mano, la lacerò con i denti e, senza la minima esitazione, gli srotolò il preservativo lungo l'erezione, soffermandosi solo una frazione di secondo. Non voleva l'uccello di Mace in mano; lo voleva da un'altra parte.

Dopo essere indietreggiata sul telo, piegò le ginocchia e allargò le cosce in pregustazione mentre lui si infilava fra di esse. Fra i loro corpi, lei vide la punta del membro proprio lì, contro la sua apertura, pronta a prenderla.

Sollevò lo sguardo, chiedendosi perché Mace aspettasse. Quando lei lo guardò e i loro sguardi si intrecciarono, lui affondò profondamente, inclinando nettamente il bacino. Una volta. Lei attese il secondo affondo.

Quando esso non giunse, Colby si contorse e gridò, implorando, ma Mace si rifiutò di muoversi. Si immobilizzò, affondato nelle profondità di Colby. Succhiò ossigeno in uno sforzo palese di non esplodere.

Tuttavia, trascorsero solo pochi secondi prima che lui cedesse e ricambiasse ogni affondo del bacino di Colby con uno suo – ripetutamente, fino a quando non gli fu più possibile spingersi oltre. Colby gli affondò le dita nel sedere, controllando il suo impeto, l'angolazione del bacino. Quando lui le sfiorò il punto speciale, lei chiuse gli occhi e gridò. L'orgasmo pulsò dal centro ed esplose verso l'esterno e, nel giro di pochi istanti, lui la raggiunse dall'altra parte, le braccia che tremavano e il corpo che si curvava come un arco.

Erano consapevoli solo l'uno dell'altra, del dolore e del piacere che ne derivavano. Colby chiuse gli occhi e le sfuggì un sospiro tremante. "Oddio," sussurrò.

"Mi sa che l'ho visto anch'io."

Colby aprì gli occhi a quelle parole roche e sbatté le palpebre per concentrarsi sull'uomo direttamente sopra di lei. Lui le rivolse un sorriso storto prima di sollevarsi per alleviare in parte il proprio peso.

Lei gli afferrò disperatamente il braccio. "No, non andartene."

"Non vado da nessuna parte, Colby. Sono esattamente dove voglio essere. Ma non voglio schiacciarti."

Mace si spostò sul fianco accanto a lei, rompendo il loro contatto intimo. Colby si stiracchiò con goduria, assaporando la contrattura dei muscoli dopo lo sforzo e l'umidità fra le gambe.

Mace le accarezzò la treccia e tracciò cerchi attorno all'ombelico con la sua estremità. "È tutta in disordine."

Lui gliela strattonò delicatamente. "La prossima volta, ti voglio con i capelli sciolti per poterci affondare le mani. Voglio sentire la loro morbidezza setosa contro la pelle. Voglio–"

"E quello che voglio io?"

L'uomo si appoggiò la testa sulla mano e la scrutò in viso per un momento prima di rivolgerle un ampio sorriso. "Ti darò qualunque cosa tu voglia. Tutto quello di cui hai bisogno."

Lei gli passò un dito lungo il petto umido, seguendo la striscia scura di peli attorno all'ombelico. Poi allungò le mani e si slacciò la treccia, liberando lentamente le lunghe ciocche setose.

Una volta finito, gli disse con voce roca: "Ti voglio ancora. Adesso."

Il sorriso dell'uomo si trasformò in un ghigno malizioso. "Farò del mio meglio per accontentarti."

Mace si alzò in piedi e, con la massima naturalezza, andò in cucina per buttare il preservativo. Quando tornò, si fermò sulla soglia, palesemente non pronta per un secondo round.

Colby inarcò un sopracciglio e gli rivolse un'occhiata eloquente.

"Non preoccuparti. Non ci metterò molto."

"Promesse, promesse."

"Credimi: ho dei piani e sono venuto preparato."

Evidentemente. Perché dopo aver trovato dov'erano finiti i jeans, l'uomo tirò fuori un preservativo nuovo e un tubetto di qualcosa dalla tasca, per poi avvicinarsi lentamente al telo dove lei era ancora pigramente stesa. Pur essendo stanca e disfatta, Colby aveva dentro di sé un prurito che solo lui poteva grattare. Magnifico da nudo, l'unico difetto di Mace era la ferita e persino quella non lo sminuiva minimamente.

"Va tutto bene?" Colby lanciò un'occhiata al tubetto, che l'uomo aveva lanciato in disparte quando era caduto in ginocchio. Ora era curiosa di sapere perché ne avesse bisogno o quali fossero i suoi "piani."

"Tutto a posto," rispose Mace. Anche se, probabilmente, non avrebbe mai ammesso il contrario, lei non insistette.

Colby sollevò un ginocchio, bloccandogli la visuale sulle sue parti intime. L'uomo la raggiunse e si mise in ginocchio fra le sue gambe. Messa una mano su ciascun ginocchio, li allargò. "Non nasconderti."

"Non lo stavo facendo."

Mace si limitò a lanciarle un'occhiata. Passò un dito lungo l'interno di entrambe le cosce fino a quando le dita non si incontrarono al centro, quindi le fece scivolare le mani sui fianchi. "Voltati." La aiutò a girarsi fino a quando lei non giacque bocconi, con le gambe allargate.

Colby non aveva bisogno di sapere cosa stesse facendo; voleva solo godersi il suo tocco. Delle labbra le sfiorarono l'interno delle ginocchia fino alla sommità delle cosce. Denti e linguate grattavano le natiche, facendole flettere i muscoli. Udì la risata profonda dell'uomo alle sue spalle. "Cristo, che culo." Mace le circondò le natiche con le mani e le premette l'una contro l'altra, e la sensazione la fece bagnare ancora di più.

Finalmente, Colby si voltò a guardarlo quando lui le sollevò il bacino e lo tirò indietro, senza lasciare nulla di lei all'immaginazione. La tenne ferma e si limitò a fissarla. E la fissò... fino a quando lei non cominciò a preoccuparsi. C'era qualcosa che non andava?

Colby cercò di svicolare, ma lui la strinse più forte. "Eh no." Non era più semi-eretto. Le lasciò i fianchi quanto bastava per infilarsi il preservativo. "Tieni la testa bassa e punta la fica verso il soffitto."

Lei infilò la testa fra le braccia e si morse il labbro. Lo voleva dentro. Cosa stava aspettando Mace? "Mi scopi o cosa?"

"Silenzio."

Lei sorrise a quella risposta secca. Poi lui le premette contro l'interno delle cosce, allargandola un po' di più. Ancora niente. Colby esalò un lungo sospiro frustrato, cercando di trattenere un piagnucolio. Se Mace non l'avesse scopata presto, sarebbe venuta per la sola attesa!

Quando lui si infilò fra le sue natiche, fino ad avere le palle premute contro le labbra del suo sesso, lei non riuscì più a trattenere il gemito. Mace lo fece di nuovo: uscì e poi scivolò nella fessura, spingendole le natiche insieme mentre lo faceva. Era una sensazione che lei non aveva mai sperimentato prima, ma avere Mace che scivolava sopra quel posto proibito era piacevolissimo. Ma lei non lo avrebbe mai fatto; non poteva.

Mace scivolò di nuovo su di lei, mentre le sue natiche erano ancora strette, ed emise un respiro esplosivo mescolato a un'imprecazione. Le lasciò andare una natica quanto bastava per infilare due dita nella sua vagina umida e prima che lei potesse capire cosa stesse succedendo, premette le dita ora viscide contro il suo ano, sfregandovi sopra la lubrificazione naturale, passando attorno al buco stretto con le grandi dita.

Lei piagnucolò di nuovo, per la paura, per la pregustazione, per la voglia.

No. Non poteva.

"Sarebbe mio e mio soltanto," disse Mace come se potesse leggerle nel pensiero.

Chiusi gli occhi, Colby si morse più forte il labbro inferiore. Mace riprese di nuovo il ritmo con il membro, scivolando fra le sue natiche, sfregandosi contro di lei. E a ogni passata si rilassava un po' di più, sciogliendosi, desiderando.

L'uomo le passò la lingua lungo la spina dorsale, facendola fremere. "Mi vuoi?"

"Sì."

"Mi vuoi dentro?"

"Sì."

"Quanto?"

"Io–"

"Comincio davanti e finisco dietro."

No. No. Ahhh.

Mace tuffò il suo membro nella vagina di Colby, sbattendo il bacino contro il suo. Ripetutamente, forte, a fondo, e lei lo adorò. Sarebbe potuta venire così, ma lui cambiò posizione, chinandosi sopra la sua schiena, tenendo il membro completamente dentro di lei mentre si allungava ad afferrarle i seni.

Mentre lui si muoveva brevemente dentro di lei, Colby venne. Mace le pizzicò i capezzoli e lei gridò, sgroppando contro di lui, vogliosa che lui la scopasse ancora più forte. Ma Mace fu spietato, continuando a macinarle dentro. Sfregandole i capezzoli, pizzicandoli e, proprio quando lei pensò che l'orgasmo fosse finito, continuò. Si contrasse nuovamente attorno a lui, strizzandogli il membro. Mace sarebbe durato più a lungo questa volta, ma c'era la possibilità che lei morisse di piacere prima che finisse.

Baciandole la nuca, l'uomo si rialzò e sferrò una serie lunghi affondi, allungandosi per passarle il pollice attorno al clitoride. Ancora una volta, lei sgroppò selvaggiamente contro di lui, ma Mace non volle saperne di fermarsi. L'altro pollice le passò attorno all'ingresso posteriore, accarezzandolo con lo stesso ritmo di quello sul clitoride.

Le sfuggì un gemito lungo e tormentato. Il pollice attorno all'anello stretto si mosse, si mosse, premendo sempre più forte. Il membro dell'uomo scivolò fuori da lei e lui riprese a passarglielo fra le natiche, con movimenti lenti e prudenti. L'altro pollice continuava a giocare con il clitoride di Colby. Mace si sistemò nuovamente alle sue spalle e due dita le colmarono il sesso, muovendosi al ritmo degli affondi del membro dell'uomo.

Colby ondeggiò avanti e indietro sulle ginocchia, la testa ancora infilata in mezzo alle braccia sul pavimento. Sapeva cosa stava per succedere. *Lo sapeva.* Ma non voleva nemmeno fermarlo.

Ma lui si fermò. Solo per un momento. Ora Colby sapeva a cosa serviva il lubrificante.

Quando l'uomo ritrasse il bacino per prepararsi per un altro colpo, un dito lubrificato si infilò nell'anello stretto di Colby. Lei gridò e rabbrividì.

Mace si tese alle sue spalle, arrestando il movimento. Un brivido percorse anche lui. "Porca troia, è strettissimo. Posso entrare?"

Poteva? Colby annuì fra le braccia.

"Colby..." Sembrava che Mace stesse soffrendo.

Colby non poteva guardarlo. Non poteva. Le stava per scoppiare il cuore. "Sì! Sì! Fallo!" Mace estrasse il dito, provocandole una sensazione stranissima. Prima che lei potesse respirare un'altra volta, la sua punta era lì, che premeva... che premeva lentamente, come per chiedere il permesso del suo corpo a entrare. Quando le ordinò di rilassarsi, le sembrò che lo stesse facendo a denti stretti. La sensazione di fresco del lubrificante applicato in abbondanza sulla pelle calda la fece sobbalzare.

Ma lei cercò comunque di rilassarsi e quando lui le accarezzò nuovamente l'interno della vagina con le dita, lei lo fece in automatico. La punta la penetrò e lui scivolò lentamente dentro di lei, allargandola, riempiendola.

Il respiro di Mace si fece affannoso e una goccia di sudore cadde sulla schiena di Colby. Per una frazione di istante, l'uomo fu pienamente dentro di lei, con tutto il membro nelle sue profondità. Poi si ritirò gradualmente, facendola gridare.

"Ti fa male?"

"No... Scopami." Era una sensazione strana e nuova, ma... piacevole. Mace scelse un ritmo gentile. La consapevolezza che non avrebbe accelerato la fece impazzire. L'uomo la controllava con una mano, impedendosi di impalarsi su di lui, mentre con l'altra continuava a scoparle la fica.

Questa volta, il crescendo fu graduale – graduale ma intenso. Colby gridò e tese tutto il corpo, stringendosi attorno a Mace. Lui sferrò un altro affondo, gridando il suo nome mentre spruzzava dentro di lei.

L'uomo tenne fermo il bacino di Colby fino a quando non si riprese, quindi la aiutò a calarsi sul telo mentre il suo membro si sfilava fuori da lei.

Dopo esserle crollato accanto, la prese fra le braccia e la voltò verso di sé. Le sfiorò il naso con un bacio e sospirò. "Stanca?"

Colby non poté far altro che annuire leggermente mentre faceva un rapido controllo mentale del suo corpo.

"È stato incredibile." Mace si lasciò ricadere sulla schiena e se la trascinò sul petto.

Lei assaggiò il sapore salato della sua pelle, quindi sollevò lo sguardo e vide che l'uomo la stava fissando intensamente.

"Va tutto bene?"

Lei gli sorrise. Altro che bene. "Benissimo."

Capitolo otto

Uno squillo acuto svegliò Colby di soprassalto. Al secondo squillo, il suo cuore cominciò a battere violentemente. Sbatté le palpebre, fissando il vecchio telefono di casa sulla sua base.

Poteva trattarsi della persona che continuava a mettere giù. O poteva trattarsi di Mace.

Pur sapendo che il telefono avrebbe squillato di nuovo, lei sussultò comunque quando lo fece. Esalò un lungo respiro, cercando di calmare i nervi. Fino a un secondo dopo, quando suonò il campanello.

Colby lanciò un gridolino.

Doveva smetterla di sobbalzare per tutto!

Quando Mace era in casa, lei non si preoccupava mai. Si sentiva al sicuro, il che era sorprendente, dato che la prima impressione che aveva avuto era che l'uomo sembrava pericoloso.

Pericoloso per chi? Chissà.

Dopo essere scesa rotolando dal letto, Colby prese la vestaglia di seta appesa all'interno della porta della camera da letto. La infilò e si legò strettamente la cintura in vita, cercando di ignorare il telefono che ancora squillava. Qualcuno doveva aver disattivato la segreteria. Forse era stata lei, ma non se lo ricordava. Comunque, al momento la cosa non aveva importanza, perché stavano ancora suonando il campanello. *Accidenti.*

Colby aprì con uno strattone il cassetto del comodino e afferrò la Glock, che era già pronta all'uso, con il colpo in canna e il caricatore pieno. Ma abbassando lo sguardo sulla vestaglia, non vide un posto dove nasconderla.

Arma nascosta o meno, non avrebbe aperto la porta senza protezione. Fuori dalla casa poteva esserci chiunque. Scosse la testa; stava impazzendo. Era troppo paranoica. Ma mentre scendeva, la sensazione del peso della pistola in mano la rilassò, facendola sentire qualcosa di diverso da una vittima.

Arrivata alla porta, guardò fuori dallo spioncino. Dall'altra parte c'era un giovanotto con un'uniforme marrone. Sul suo berretto era cucita una pezza che pubblicizzava un fiorista di nome *Ellie's Bouquets.*

Dietro il ragazzino, Colby notò che il nome del negozio era appiccicato dappertutto anche sul furgone.

Mace. Doveva averle comprato dei fiori. Il cuore di Colby palpitò di fronte a quel gesto dolce.

Dopo aver sbloccato la porta, Colby la aprì parzialmente, quanto bastava per nascondervi dietro la mano con cui impugnava la pistola.

"Buongiorno, signora." Il ragazzino le porse il portablocco. "Devo consegnare dei fiori."

Lo sguardo del giovanotto fu immediatamente attratto dalla scollatura di Colby, la cui vestaglia si allargava proprio in quel punto. *Accidenti.* Con il portablocco in una mano e la pistola nell'altra, non gliene restavano per chiuderla.

"Per chi sono?" chiese Colby mentre appoggiava il portablocco allo stipite e firmava goffamente sulla linea accanto all'indirizzo della casa. Restituì il porta blocco al ragazzino prima di stringersi la vestaglia con la mano libera.

Il ragazzino fece una pigra, mezza scrollata di spalle, lo sguardo ancora fisso sul punto in cui lei teneva chiusa la vestaglia. "Sul biglietto non c'è il nome, solo l'indirizzo."

Colby abbassò lo sguardo. No, non si vedeva nulla.

Attese mentre il ragazzino restava immobile, continuando a fissarla con un'espressione istupidita in viso, come se sperasse di intravedere qualcosa.

Colby si schiarì la voce, attirando la sua attenzione e, finalmente, il suo sguardo. "I fiori?"

"Oh. Sì. Tenga." Il giovanotto le mise in mano il bouquet incartato.

Colby fu costretta a mollare per un attimo la presa sulla vestaglia per prendere i fiori, ma poi se li strinse al petto, coprendosi.

Il ragazzino rimase lì ancora per un momento... fino a quando non si stancò di aspettare la mancia, probabilmente. Non che ne avrebbe mai ricevuto una da lei, dato che naturalmente non teneva denaro nel négligé o nella vestaglia.

"Scusa," esclamò mentre il giovanotto si allontanava ciondolando e borbottando.

Colby chiuse la porta e fece scattare la serratura prima di andare in cucina, dove lasciò cadere la pistola sul tavolo e si affrettò a togliere la carta verde che copriva il bouquet. Un piccolo brivido la attraversò. Non riusciva a credere che Mace le avesse comprato dei fiori!

Mentre toglieva la carta, scoprì delle magnifiche rose rosso sangue dal profumo divino. Lei adorava le rose: la consistenza, il profumo, la morbidezza setosa dei petali.

Aspetta un momento.

All'inizio, Colby ebbe la sensazione di avere le allucinazioni. Ma non era così. Al centro della dozzina di rose rosse ne risaltava una di un nero violaceo. Sebbene fosse altrettanto bella di quelle rosse, il colore nero aveva un che di sinistro.

Perché Mace aveva incluso una rosa nera? Forse il fiorista aveva commesso un errore. Colby posò il bouquet sul tavolo e tirò fuori il bigliettino. Su di esso c'era scritto: *Ti penso*. Senza firma.

Non *Penso a te*, ma *Ti penso*. Che strano. Il biglietto non indicava il destinatario o la provenienza. Anche quello era inconsueto, oltre alla singola rosa nera.

Sentì la serratura dell'ingresso scattare e la porta aprirsi. "Mace?"

"Sì?"

"Sono in cucina."

"Ottimo. Hai già preparato il caffè? Se no, ho portato–" L'uomo entrò in cucina, reggendo fra le mani il sacchetto di una pasticceria e un portabicchieri con due grossi bicchieri di carta. "Che succede?"

"Hanno consegnato i fiori."

"Ah. Va bene." Mace lasciò cadere il cibo e le bevande sul tavolo, quindi le mise un bicchierone di fronte. "Chai."

Colby annuì in segno di ringraziamento.

Mace tirò indietro la sedia e vi prese posto, allungando la gamba. Aveva un'espressione un po' sofferente, con un anello bianco attorno alle labbra strette.

"La gamba ti dà fastidio?"

Lui annuì, massaggiandosi la coscia con le ginocchia. "Un po'."

Doveva essere più di un po'. Quando l'uomo si protese verso il flacone di antidolorifico al centro del tavolo della cucina, Colby fece un verso. Le dita dell'uomo si chiusero a pugno e lei fece una smorfia, ma lasciò perdere l'antidolorifico. Non che la sofferenza dell'uomo le facesse piacere. Non era così. Semplicemente, non voleva che Mace sviluppasse una dipendenza nei confronti degli antidolorifici.

L'uomo si allontanò dal flacone e sfiorò con le dita i petali della rosa. "Come mai le rose?"

"Dimmelo tu."

Mace strinse le labbra, palesemente combattuto se prendersi o meno il merito dei fiori. Se doveva pensarci tanto, significava che non li aveva comprati lui.

"Se non sei stato tu a ordinarli, chi è stato?"

"Cosa dice il biglietto?"

Colby glielo lanciò.

Mace vi diede un'occhiata e si accigliò. "Che strano," disse dopo aver messo da parte il biglietto.

"Proprio quello che pensavo io."

"Che sia stato il tuo Martin?"

Colby sospirò. "Non è il *mio* Martin. E comunque, dubito che mi manderebbe dei fiori."

"Perché?"

"Non lo farebbe e basta. Forse è uno scherzo."

"Costosetto, come scherzo." Mace bevve un lungo sorso di caffè.

All'improvviso, le venne un dubbio. "Aspetta un momento. Come facciamo a sapere che erano per me? Il corriere ha detto solo che erano stati inviati a questo indirizzo. Magari sei tu il destinatario."

Mace si strozzò e si asciugò la bocca con il dorso della mano. "Nessuno sa che sono a casa, con l'eccezione di te e del mio capo."

"Sì, ma..." Mace tirò fuori il cellulare. "Possiamo risolvere facilmente il dilemma. Come si chiamava il fiorista?"

Colby gli diede l'informazione, ma sul biglietto non c'era un numero di telefono, per cui Mace cercò su Google e telefonò. Ma pochi minuti dopo, mise giù.

"Che spreco di tempo." Il suo tentativo di non suonare frustrato non passò inosservato. L'uomo si lasciò ricadere sulla sedia, passandosi una mano fra i capelli.

"Mi era parso di capirlo." Colby tolse il coperchio del tè e lo annusò. Il delicato aroma delle spezie le solleticò il naso. Bevve un sorso timido. Il sapore era dolce, cremoso e buonissimo. Forse le avrebbe calmato i nervi.

"Chiunque abbia comprato il bouquet ha pagato in contanti. Non hanno segnato chi lo ha spedito e chi era il destinatario. *Merda.*" Mace si passò nuovamente le mani fra i capelli.

Colby lottò contro la tentazione di lisciarli per lui. "Ehi, sono solo fiori." Sebbene avesse l'inquietante sensazione che ci fosse dell'altro. Pochi sapevano che lei soggiornava a quell'indirizzo e lo stesso poteva dirsi di Mace.

"Senti, è inutile preoccuparsi." Mace non suonava convinto. Spinse il sacchetto verso di lei. "Ti ho preso la colazione. Croissant e un paio di paste danesi."

Colby diede un'occhiata disgustata al sacchetto con il cibo. Non sapeva se sarebbe riuscita a mangiare.

Il profumo delle rose, un tempo piacevole, ora le rivoltava lo stomaco.

Capitolo nove

Colby allargò le gambe e rallentò la respirazione. Mace allungò le braccia attorno a lei per fermarle le sue, appoggiandosi alla sua schiena. Il suo fiato le solleticò i capelli vicino all'orecchio. "Piano, piano. D'accordo, premi il grilletto."

Lo sparo fece sussultare Colby, ma il colpo andò a segno con precisione.

"Ahia," gemette l'uomo, guardando il bersaglio. Premette il pulsante e il grande foglio di carta scivolò verso di loro. "Dovevi mirare al centro del corpo."

Lei sorrise. "Ci sono andata vicino. L'ho colpito dove volevo."

Mace infilò il mignolo nel buco nella sagoma e lo agitò. "Già, proprio nell'inguine. Mi dispiace, amico: niente più piccoli bersagli che zampettano dappertutto. Sei appena stato castrato."

Ridendo, Colby disse: "Appendine un altro."

Mace fissò un nuovo bersaglio, quindi premette il pulsante per allontanarlo lungo il poligono. "D'accordo, questa volta—"

"Questa volta posso fare da sola."

Mace sollevò le mani in un gesto di resa e si fece da parte. "D'accordo. Va bene. Volevo solo darti una mano."

"Mace, non avrei comprato una pistola se non sapessi sparare."

Colby notò per un soffio che l'uomo aveva levato gli occhi al cielo. "Il mondo è pieno di gente che compra armi da fuoco e non sa—"

Colby gli diede una rapida gomitata nello stomaco. "Non mettermi assieme a loro."

"D'accordo. Mostrami quello che sai fare, signorina biochimica." Mace le sfiorò la tempia con un bacio prima di indietreggiare.

"*Signora* biochimica, prego." Colby gli rivolse un sorrisone prima di voltarsi e concentrarsi sul bersaglio. Sostenendo la mano con cui sparava, prese la mira con cura. *Inala, esala tutta l'aria; ferma.* Esercitò una pressione costante sul grilletto e tirò. Il rumore dello sparo la fece sussultare di nuovo, ma quando aprì gli occhi, vide che aveva colpito il bersaglio in pieno.

"Bello. Voglio rivederlo. Ma più in fretta. Nessuno ti lascia il tempo di prendere la mira prima di sparare. Un aggressore," disse Mace, indicando il bersaglio, "non se ne starà fermo ad aspettare che tu gli spari addosso. Correrà verso di te, lontano da te, o cercherà di farti saltare la testa."

Colby sorrise maliziosa. "Sta' zitto e rimettiti le cuffie." L'uomo rimise le cuffie mentre lei sollevava di nuovo la Glock. Colby elencò le parti del corpo mentre prendeva la mira. "Testa... Cuore... Polmoni... Braccio armato... Inguine... Gamba..." Ciascun proiettile colpì il bersaglio, uno dietro l'altro, in rapida successione. Quando del bersaglio rimase soltanto un pezzetto di carta lacero, Colby espulse il caricatore e controllò che la camera di scoppio fosse vuota. "Quello non va da nessuna parte," disse.

"Direi proprio di no." Mace scosse la testa. "D'accordo, è inutile sprecare altro tempo qui. Andiamo a casa. Me lo stai facendo venire duro." Ridacchiò e si tolse gli occhiali protettivi. "Porca miseria. Una donna che sa sparare ed è brava a letto. Sono proprio fortunatissimo."

"Non tentare la sorte." Colby si tolse i tappi per le orecchie arancioni e ripose la pistola nel suo astuccio. "Aspetta un attimo: solo brava?"

Mace si allungò per chiudere l'astuccio, quindi le afferrò i polsi prima che lei potesse allontanarsi. Le bloccò le braccia sopra la testa e, usando il bacino, la manovrò contro il divisorio di cemento della postazione di tiro, facendole sentire quanto lo voleva.

Colby lanciò una rapida occhiata all'apertura della postazione. Chiunque sarebbe potuto passare in qualunque momento. "Mace, ci vedranno."

"Può darsi."

Colby avrebbe dovuto temere che qualcuno li sorprendesse. L'uomo la bloccò contro la parete e affondò contro di lei. Ma non lo temeva. Invece, la possibilità che qualcuno li vedesse la eccitava.

Mace sfregò il naso contro il suo collo prima di risalire fino all'orecchio, poi bisbigliò: "Potrei scoparti qui e ora."

La baciò, inclinando le labbra e affondando la lingua nella sua bocca. Aveva un sapore buonissimo. Mace si spostò entrambi i suoi polsi in una mano, quindi le passò le dita sui seni e le sfiorò i capezzoli.

"Ti fa ancora male?" chiese contro le sue labbra, riferendosi al posteriore indolenzito di Colby, in conseguenza delle gioie pomeridiane in casa il giorno prima.

"Un po'." Più di un po', a dire il vero, ma ne era valsa la

pena. Anche se in seguito Colby aveva sofferto di un leggero caso di discordanza. Si era detta che doveva limitarsi a vivere il momento, a godersi quello che le offriva Mace. Anche se fosse durato poco.

L'uomo in questione non chiese, ma prese l'iniziativa di aprirle i jeans. Glieli slacciò completamente, dando alla propria mano spazio sufficiente a infilarsi sotto le mutandine ed esplorarle il sesso. Colby sussultò per l'improvvisa invasione delle sue dita, ma inclinò il bacino per offrirgli un accesso migliore.

Lui la masturbò e la torse, giocando lungo le labbra scivolose, inserendo un paio di dita prima di passare al clitoride, dove ricominciò il ritmo. Quando lei gridò, lui mise le labbra sulle sue e soffocò il grido, attutendolo. La baciò profondamente mentre giocava con lei, staccandosi solo per dire: "Questo è il mio ringraziamento per ieri."

Arricciate le dita dentro di lei, trovò il suo punto speciale, stuzzicandolo e provocandolo. Aggiunse al tutto il pollice, premendo e picchiettando sul clitoride fino a quando lei non ce la fece più. Spingendo un'ultima volta il bacino contro la sua mano, Colby sussultò e gemette nella bocca di Mace mentre il suo corpo si contraeva attorno alle sue dita. L'uomo la lasciò andare solo quando lei si zittì.

Mace le sfiorò le labbra con un bacio leggero. "Accidenti, devo ringraziarti più spesso."

Lei si ricompose mentre lui raccoglieva l'attrezzatura. Le ci volle ancora qualche istante prima di potersi allontanare dal muro e restare in piedi. Era sicura di avere un sorriso cretino sul viso.

Mentre uscivano dal poligono di tiro, Colby disse: "Devo fare un salto a vedere i lavori. Ti dispiace?"

I loro piedi scricchiolavano sulla ghiaia del parcheggio e lei prese nota delle auto parcheggiate attorno a lei. Ce n'era almeno una dozzina. Come aveva fatto a non accorgersene? Forse non era così. Lei era stata così coinvolta dal piacere che avrebbe potuto esserci un pubblico numeroso e se ne sarebbe nemmeno accorta. Né le sarebbe importato.

"No." Mace sbloccò il furgone e le aprì la portiera. "E poi, vorrei conoscerlo."

Gli lanciò un'occhiata divertita di fronte all'improvvisa esplosione di testosterone. "Perché?"

"Perché no? Non posso conoscere l'uomo che lavora alla tua casa?"

Colby prese posto sul sedile del passeggero. "Beh, non pensavo che casa mia ti interessasse tanto. So che non la sopporti."

"Forse voglio solo conoscere la concorrenza. Su quanto ti eccitano gli uomini con i pennelli in mano."

Solo tu.

Colby cercò di non ridere ad alta voce. Chissà cosa avrebbe detto Mace quando avrebbe conosciuto l'impresario.

Una volta raggiunta la casa, videro che una squadra di uomini era al lavoro sulla veranda.

Colby spalancò gli occhi. Quasi non diede tempo a Mace di fermare il furgone prima di saltare giù.

"Ehi, aspetta," esclamò lui.

"La veranda! Stanno sistemando la veranda!" Colby gli sorrise attraverso il parabrezza e rise. Raggiunse praticamente di corsa i gradini. Il rumore dei martelli era forte e bellissimo. Lo adorava. Il suono di quelle mani laboriose la rendeva felice.

"Ciao, Ben!" gridò per sovrastare il fracasso.

L'uomo maturo si voltò e le rivolse un piccolo cenno di saluto. "Buongiorno, signora Parks. I lavori procedono molto bene."

Colby saltellò e si torse le mani. Poi fece un balletto. "Lo vedo! Avete sostituito quasi tutte le assi del pavimento." Probabilmente sembrava fuori di testa, ma non le importava.

"Sì, presto potrà dipingere."

Era musica per le sue orecchie. Un forte gemito giunse da dietro le sue spalle. A quanto pareva, la stessa cosa non valeva per qualcun altro. "Ho sentito di nuovo quella brutta parola?"

Colby si voltò e trotterellò da Mace. "Sbrigati! Guarda quanti progressi hanno fatto." Lo strattonò per il braccio.

L'uomo si trascinò lentamente lungo il viale ingombro di erbacce, fingendo mestizia. "Lo vedo. È carino."

Colby strattonò più forte, cercando di fargli allungare il passo. "Ben, lui è Mace Walker. Mace, questo è Ben Fine. È l'impresario edile."

"E io che pensavo fosse venuto a raccogliere legna per il caminetto." Mace si voltò a squadrare l'uomo dai capelli grigi. "Salve, Ben."

Rughe profonde circondavano gli occhi e la bocca di Ben, e la sua pelle era segnata dall'età e dagli anni trascorsi a lavorare sotto il sole. Colby vide l'espressione di Mace rilassarsi, come se l'uomo fosse sollevato. Lei non aveva idea del perché potesse aver considerato l'impresario edile una minaccia.

Mace tese la mano e l'uomo più anziano la strinse fermamente mentre rispondeva al saluto. "La camera da letto è finita?"

Il rumore dei martelli si fermò di colpo e le teste di tutti e cinque i membri della squadra si voltarono all'unisono a fissare Colby. Lei avvampò e si rivolse a Mace. "Piantala," bisbigliò ferocemente.

"Cosa c'è? Ho solo fatto una domanda." L'uomo sogghignò, passando un braccio attorno alla vita di Colby e attirandola a sé.

Colby si staccò con impazienza e decise di ignorare lui e il suo comportamento infantile. Mentre vagabondava lungo la veranda rialzata, osservò tutte le nuove riparazioni. La squadra aveva sostituito gli alberini e i paletti marci. Alla fine dei lavori, le assi del pavimento sarebbero state tutte nuove. I gradini avevano ancora bisogno di riparazioni, ma a occhio e croce, sarebbero stati finiti il giorno dopo.

Colby si abbracciò, riuscendo a stento a contenere la gioia di fronte ai progressi, e pensò a che aspetto avrebbe avuto il tutto con una mano di vernice fresca. E il nuovo dondolo che voleva. Presto! Presto si sarebbe dondolata sotto la sua veranda, con un bicchiere di limonata, leggendo un libro e ascoltando il cinguettio degli uccelli, e–

Una mano sulla spalla la fece sussultare. "Torna sulla Terra," mormorò la voce bassa accanto al suo orecchio.

Colby sbatté le palpebre due volte, tornando alla realtà, e si voltò a guardare l'uomo accanto a lei. Qual era il suo ruolo in tutto questo?

"Oh, stavo solo sognando occhi aperti."

Ce l'aveva, un ruolo?

"Sì, ho visto. Eri in un'altra dimensione."

"Mace, tu non capisci. Questa casa è tutto per me. È me."

L'uomo le appoggiò un braccio attorno alle spalle e strinse. "Ci credo. Quand'è che dobbiamo cominciare a pitturare?"

Mace girò attorno alla vecchia casa. Colby era ancora impegnata a chiacchierare entusiasta con Ben, per cui lui decise di lavorare un po'. Prese a prestito una matita e un metro a nastro da uno dei manovali e tirò fuori un pezzo di carta dal furgone. Doveva misurare l'ingresso posteriore della cucina, dato che voleva ordinare una controporta nuova.

Mentre saliva i gradini di legno del piccolo ingresso

coperto, si fermò. Qualcosa non andava. Si immobilizzò d'istinto, scrutando l'ambiente circostante. Impronte fangose partivano dai cespugli incolti sulla sinistra della casa. Non dal lato destro, dove si trovava il viale d'accesso. E le latte vuote che lui aveva riposto in un angolo della veranda erano tutte sparpagliate. Le latte rovesciate potevano anche essere attribuite a un animale selvatico curioso. Magari un procione. Ma le impronte erano decisamente umane. E fresche.

Avrebbe chiesto agli operai se qualcuno di loro avesse esplorato un po'. Ma l'istinto gli diceva che qualcosa non tornava.

Scosse la testa. Anche se il suo istinto si era attivato, la risposta più semplice avrebbe potuto essere che un ragazzino era venuto a cercare una casa vuota dove fare bagordi.

Come il ragazzino degli scherzi telefonici.

Finalmente, Mace si mosse, aprendo la controporta esterna per ispezionare la porta di legno interna con attenzione. Controllò i piccoli pannelli di vetro rettangolari. Su uno c'erano evidenti impronte di mani. Come se una persona avesse guardato dalla porta sul retro, cercando qualcosa o qualcuno.

Che si trattasse di un adolescente, di un operaio o di qualcun altro, Mace aveva una brutta sensazione. Ma non intendeva balzare alle conclusioni e dirlo a Colby. Non voleva spaventarla senza motivo. Avrebbe semplicemente tenuto d'occhio lei e la casa.

Colby lanciò un'occhiata all'orologio. 1:13 del mattino. Non era stata sua intenzione soffermarsi sul lavoro fino a quell'ora. Ma aveva cominciato un esperimento e voleva concluderlo. Detestava lasciare le cose in sospeso. E voleva compensare il tempo perso uscendo prima lunedì per andare al poligono con Mace.

Le sue chiavi tintinnarono delicatamente quando lei le inserì nella porta e ruotò lentamente la maniglia. Si aspettava che Mace fosse andato a letto qualche ora prima e non voleva svegliarlo, nel caso dormisse. L'unica luce dell'ingresso proveniva da uno di quegli spargiprofumo elettrici che lei aveva infilato in una presa. E non era granché.

Fece scivolare la mano lungo la parete vicino alla porta fino a trovare l'interruttore e lo premette. Le sfuggì un piccolo grido stupito quando si voltò e vide Mace in cima alle scale, con addosso solo un paio di pantaloni della tuta. Da quanto tempo era lì?

D'accordo, non c'è nessun problema.

"Non volevo svegliarti. Ho cercato di fare piano. Scusa," sussurrò, anche se era superfluo, dato che loro erano le uniche persone in casa.

Cercò di ignorare l'eventuale problema da lui percepito. Ricordò a se stessa che era un'adulta con un lavoro. In quanto tale, avrebbe dovuto poter fare tardi senza sentirsi in colpa.

Dopo essersi chiusa la porta di casa alle spalle, fece scattare la serratura e posò con cura la valigetta sul tavolo dell'ingresso. Si sfilò le scarpe e si raddrizzò per fronteggiare l'uomo. Gli occhi stretti di lui erano scuri. Colby si fece piccola dentro di sé.

"Non riuscivo a dormire."

Accidenti, lei non doveva rispondere a nessuno. "Oh, vuoi una tisana? Vado a prepararmi una camomilla."

Senza attendere la risposta dell'uomo, Colby andò in cucina, tendendo l'orecchio alla ricerca di un rumore di piedi nudi che scendevano le scale. Quando non lo sentì, diede per scontato che Mace fosse tornato a letto.

Prese una tazza e una scatola di bustine di tisana dall'armadietto. Dopo aver messo il bollitore sul fuoco, si voltò per sedersi a tavola. Mace era già lì. Colby sussultò, stringendosi il petto con una mano. "Cristo, mi hai spaventata. Non ti ho sentito entrare."

Quando il battito del suo cuore rallentò, lei afferrò un'altra tazza e un'altra bustina, mettendole di fronte a Mace. Poi si sedette sulla sedia di fronte a lui, aspettando che l'acqua bollisse.

O che succedesse l'inevitabile.

Ma non c'è nessun problema. Proprio nessuno.

"Lo sai che ore sono?" La voce dell'uomo suonava bassa e brontolona.

Non c'è nessun problema.

"Sì, purtroppo sì."

Colby si tolse le forcine, lasciando che i capelli le ricadessero lungo il viso e sulla schiena. Che sollievo liberarli dalla treccia dopo una lunga giornata. Infilò le dita nell'ammasso denso, districando alcuni nodi. "Sono esausta. E pensare che fra qualche ora mi toccherà alzarmi e ricominciare tutto da capo."

"Ricominciare cosa?" Mace la trafisse con lo sguardo e lei si sentì come una falena di fronte al fuoco.

"In che senso? Il lavoro, naturalmente." Colby si sbottonò il primo bottone della camicetta.

"Eri al lavoro?"

Colby si alzò per andare a prendere il bollitore che stava fischiando, rompendo il contatto visivo. *Non c'è nessun problema.* Riempì entrambe le tazze di acqua fumante. "Dove avrei dovuto essere?"

"Non lo so. Perché non me lo dici tu?"

Colby rimise il bollitore sul fuoco e si voltò verso Mace. *D'accordo, forse un problema c'è.* "Mace, dove vuoi arrivare?"

"Ero solo un po' preoccupato per te."

"Perché? Sono una bambina grande."

"Si sta facendo tardi, o meglio, presto. Pensavo che normalmente non lavorassi così a lungo."

Colby mescolò un po' di miele nella sua tisana. "Infatti. Ma Martin e io–"

"Martin!" esclamò l'uomo.

Colby gli lanciò un'occhiata incredula. *Sì, c'è decisamente un problema.* "Sì, *Martin*. Ci siamo lasciati trascinare da un progetto su cui stiamo lavorando e si è fatto tardi senza che ne accorgessimo. A quel punto abbiamo mangiato un boccone e–"

Mace sollevò la mano. "Basta. Ho sentito abbastanza. Non mi devi spiegazioni."

Colby sbatté il cucchiaio sul tavolo. *C'è un problema bello grosso!*

"Esatto: non te ne devo!" Si alzò, spingendo indietro la sedia. "Vado a letto."

Corse fuori dalla stanza, cercando di non versare la tisana. Mentre la portava di sopra, avrebbe potuto giurare di aver sentito: "Come se fosse la prima volta."

Colby chiuse la porta della sua camera sbattendola, poi fece scattare la serratura, cercando di non urlare. Invece, si accontentò di ribollire silenziosamente. Nella sua testa, rivolse a Mace ogni insulto possibile. Chi si credeva di essere? Solo perché andavano a letto insieme, pensava che lei fosse roba sua? No. Le era già capitato che qualcuno credesse di possedere il suo corpo e la sua anima... e tutto il resto. E guarda come era finita. Colby non aveva bisogno che un altro uomo la trattasse in quel modo.

Si sedette sul letto, sorseggiando la tisana, ma senza godersela. Non c'era abbastanza camomilla al mondo per calmarla, in quel momento. La maniglia della porta ruotò lentamente. Lei sorrise soddisfatta verso la porta. Si aspettava che Mace bussasse e si scusasse, ma la maniglia si arrestò e lei non udì altro.

Ottimo. Che se ne va da letto da solo.

Anche se, nel caso Mace non si fosse comportato così da cretino, la compagnia non le sarebbe dispiaciuta. La compagnia e tutto il resto.

IL MATTINO dopo giunse troppo presto per Colby. Ancora esausta dopo aver dormito a malapena tre ore, sarebbe stata fortunata se non fosse crollata sul posto di lavoro.

Dopo aver fatto la doccia, scese furtivamente di sotto, cercando di evitare di incrociare Mace. Decise di saltare la colazione; invece, prese le chiavi dell'auto e la valigetta mentre usciva non vista dalla porta.

Per sua sfortuna, la fuga si arrestò precipitosamente quando la decappottabile non volle saperne di partire. Dopo aver premuto ripetutamente l'acceleratore, Colby si arrese. Trattenendo lacrime amare, appoggiò la fronte sul volante. Aveva appena fatto riparare la pompa dell'acqua e non poteva continuare a spendere soldi per quell'auto; aveva bisogno del denaro per la casa.

Una bussata sul finestrino la spinse a sollevare lo sguardo. *Mace.* L'ultima cosa di cui aveva bisogno era fronteggiare lui, quella mattina.

"Problemi di auto?"

"Non parte."

"Sblocca il cofano." Dopo che lei lo ebbe fatto, l'uomo sollevò il cofano e guardò nel vano motore. Qualche istante dopo, disse: "Perché non ti dai malata? Oggi ci darò un'occhiata."

Colby strinse gli occhi. "Io non mi do mai malata."

Mace fece capolino da dietro il cofano aperto. "Oggi sì. Anzi, chiamo io."

"No. Sono nel bel mezzo di un progetto speciale. Chiederò un passaggio."

"A chi? A Marty?"

Mace le aveva detto di intendersi di auto. Avrebbe potuto sabotare la sua auto per evitare che partisse. Sarebbe stato capace di fare una cosa del genere solo per tenerla lontana da Martin?

"Sì," disse lei, dando un'occhiata all'orologio. "Probabilmente, riuscirò a contattarlo prima che parta." Scese dalla sua piccola auto sportiva.

Se Mace voleva giocare, lo avrebbe fatto anche lei. Sapeva che era molto probabile che Martin fosse partito. Il suo tragitto casa-lavoro era leggermente più lungo di quello di Colby. Ma lei non lo avrebbe certo detto a Mace.

Quando Mace imprecò, Colby ebbe il sospetto di averci visto giusto.

"Lascia perdere. Tieni." L'uomo le lanciò le chiavi del furgone. "Non distruggermelo."

Colby prese le chiavi al volo e si voltò subito per nascondere il sorriso. "Grazie." Saltò sul furgone e se ne andò prima che Mace avesse la possibilità di cambiare idea.

MACE SAPEVA come diventare quasi chiunque. Era in grado di mescolarsi in qualsiasi ambiente e di convincere una donna a fare quasi ogni cosa. Anche se Colby si stava rivelando difficile. Non che lui avesse intenzione di arrendersi.

Sfortunatamente, quella mattina, il suo piano si era rivoltato contro di lui. Avrebbe voluto disperatamente che Colby rimanesse a casa con lui, soprattutto dopo che la notte prima era stato privato del tempo con lei.

Ma non si era aspettato che lei potesse chiedere un passaggio a Martin. Dopo che la donna si fu allontanata sul suo furgone, lui strinse di nuovo il cavo della batteria della decappottabile. Doveva ammettere che era stato un gesto stupido e infame. Lui non era così disperato. Quella stupida gelosia si stava mettendo in mezzo e avrebbe potuto rovinare le cose con Colby, se non lo aveva già fatto. Ed era la stessa gelosia che lo aveva portato dove si trovava in quel momento.

Si chinò sulla scrivania della stagista, mostrando i denti bianchi mentre le rivolgeva un grande sorriso. Costei era una giovane studentessa universitaria, una di quelle persone per cui il primo anno era sinonimo di lievitazione.

Mace non intendeva accettare un no come risposta. "Eddai. Devo solo parlare con il mio amico."

La giovane gli rivolse un'occhiata incerta. "Signor–"

"Mace," la corresse lui.

"Signore," insistette lei, arrossendo. "Non posso lasciarla entrare in laboratorio. Nemmeno se è *amico* di Martin."

Mace non aveva mai corretto l'equivoco secondo cui sarebbe stato "amico" di Martin, ma si chiese perché la giovane sottolineasse la parola "amico" tutte le volte che la pronunciava.

"Dai... Devo fargli una sorpresa. È il suo compleanno!"

Le sopracciglia della ragazza balzarono fino alla fronte. "Non sapevo che fosse il compleanno di Martin. Non gli ho nemmeno preso un biglietto." Si infilò l'unghia di un pollice fra i denti e la mordicchiò.

"Sono sicuro che non gli dispiacerà. Se mi lasci entrare, gli porgerò i tuoi auguri di buon compleanno."

"Ne sono sicura..." La ragazza contrasse le labbra. "D'accordo, ma se dovessi passare dei guai..." Si lisciò nervosamente la gonna mentre lasciava la scrivania e si recava alla porta proibita: quella che avrebbe dovuto essere sacra e inviolabile.

"Ti prometto che non succederà." Mace sperava di poter mantenere la promessa.

La giovane avvicinò il tesserino magnetico al lettore sulla parete e la serratura scattò. Mace si chinò per darle un bacetto sulla sua guancia paffuta. Si voltò prima che il rossore finisse di risalire il collo della stagista.

Lesse le targhette mentre percorreva lo stretto corridoio. Sperava di non incrociare nessuno, dato che non voleva che qualcuno gli chiedesse cosa ci faceva in laboratorio. Quando raggiunse una porta aperta, sorrise. Sulla targhetta c'era scritto "Martin McConnell."

Si infilò nell'ufficio prima che qualcuno potesse vederlo e chiuse silenziosamente la porta. Ecco la persona che stava cercando.

Martin sollevò lo sguardo sconcertato. "P-posso esserle utile?"

Era completamente diverso da come Mace se l'era aspettato. I capelli biondo sporco dell'uomo erano arruffati come se ci passasse costantemente una mano dentro. Da una parte erano persino dritti. E avevano una sfumatura violacea.

Quello che sembrava un panino al burro d'arachidi e marmellata era appoggiato sulla scrivania. Un po' della marmellata di uva era schizzata fuori, mancando in parte il fazzoletto di carta su cui era posato il panino. Non serviva essere degli investigatori per capire che Martin era un tipo disordinato. Un grosso globo di marmellata era appiccicato al camice da laboratorio un tempo bianco che l'uomo aveva addosso. Era lì che probabilmente finiva la maggior parte del suo pranzo.

Gli occhiali Martin penzolavano in maniera precaria sul

viso, con il ponte vicino alla punta del naso. Sotto il camice, l'uomo indossava una camicia azzurra come un uovo di petti-rosso con una cravatta blu scuro, ma la cravatta mostrava vecchie macchie. A quanto pareva, quel tizio non era nuovo agli sbrodolamenti.

Aggiustandosi gli occhiali, Martin si alzò in piedi. "Posso esserle utile?" chiese di nuovo, questa volta in tono infastidito, come se non fosse contento dell'interruzione.

"Sono Mace Walker."

Dopo una breve esitazione, un'espressione consapevole sostituì la perplessità sul volto dell'altro uomo. Questi si schiarì la voce e tese la mano. "Martin. Martin McConnell."

Mace fissò la mano tesa. Le dita erano sporche di burro d'arachidi. Martin seguì il suo sguardo.

"Oh. Scusi." L'uomo si pulì la mano nel camice, lasciando una macchia di burro d'arachidi. La tese di nuovo, un po' più pulita.

Mace gli strinse la mano e la scrollò con fermezza. La mano di Martin era più floscia di quello che avrebbe dovuto essere quella di un uomo; gli ricordava la stretta di mano di una donna.

"Lei è... di Colby." Un rossore risalì il collo di Martin.

"Sì." Martin appoggiò a fianco alla scrivania ingombra. "Si sieda, si sieda."

Martin si sedette. "Cosa ci fa qui? È venuto a trovare Colby?"

Mace gli rivolse un sorriso sghembo. "A dire il vero, sono venuto a trovare lei."

"Oh." L'assistente aggrottò le sopracciglia. "Perché?"

Martin vide l'angolo di una cornice per foto sepolta sotto un mucchio di carte e la tirò fuori. La fotografia raffigurava un uomo che non era Martin e che abbracciava un Golden Retriever. Il cane era bello. L'uomo? Un po' meno. Non che

Mace sapesse valutare la bellezza degli uomini. Tossì violentemente – per ricordarsi della propria virilità.

"È suo fratello?" chiese un attimo dopo, voltando la cornice verso Martin, che scosse la testa.

"No. Scusi, ma cosa ci fa qui?"

Mace lanciò la cornice sopra una montagna di fascicoli all'angolo della scrivania. "Volevo solo conoscere l'uomo che Colby... *frequenta* costantemente."

"Beh, non la metterei così. Siamo colleghi."

"E vi frequentate."

"Ogni tanto."

"Sì, vi piace andare ai mercatini."

"Alle aste," precisò Martin. "Siamo entrambi appassionati di antiquariato e ci piacciono i buoni affari."

"Marty–"

"Martin," lo corresse l'uomo. I suoi occhiali scivolarono ancora una volta precariamente vicino all'estremità del naso.

"*Martin.* Devo preoccuparmi?"

"Non capisco."

Evidentemente. Le sopracciglia dell'uomo erano corrugate al punto da formare un monociglio.

"Perché ha mandato quelle rose?"

Il monociglio si sollevò fino all'attaccatura dei capelli. "Rose? Quali rose?"

"Non ha spedito una dozzina di rose a Colby?"

"No. Perché avrei dovuto?"

Per poco Mace non disse "Per farsela dare," ma invece disse: "È una bella donna."

"Sì... Ma..."

Mace attese. E attese. E vide il colorito delle guance di Martin farsi più scuro. L'altro uomo si schiarì la voce e si mosse nervosamente. Se Mace avesse taciuto abbastanza a lungo, l'altro avrebbe vuotato il sacco. Il silenzio era uno strumento di indagine più efficace del tempestare una persona di domande.

Martin chiuse gli occhi ed esalò il fiato. Prese la foto che Mace aveva riesumato prima e gliela mostrò. "Se mandassi dei fiori a qualcuno, li manderei a lui."

Merda. Ora tutto aveva un senso. "Oh. Beh..."

Mace si alzò e camminò in cerchio di fronte alla scrivania. Lui, bestia che era, aveva mal giudicato il rapporto fra Martin e Colby. Parecchio. *Cazzo.* Cominciava ad arrugginirsi. A commettere degli errori. Aveva creduto che magari Colby avesse la passione per i nerd. Anche se Mace era lieto di essersi sbagliato, dato che di sicuro non apparteneva a quella categoria.

Si fermò immediatamente di fronte alla scrivania. Martin gli rivolse un'occhiata di disapprovazione. "Lei credeva che Colby e io... Che–"

"No. No." Mace si trascinò una mano fra i capelli. "D'accordo, forse sì. Non ero sicuro."

"Siamo solo amici e colleghi."

Mace morì un po' dentro. Ora doveva limitare i danni. Di sicuro, Martin avrebbe parlato della cosa con Colby. E lei non sarebbe stata felice.

Cazzo! Avrebbe dovuto dirglielo lui per primo.

Porca miseria. Allora non era stato Martin. Ora, Mace non aveva la più pallida idea di chi avesse mandato quei fiori. Quel messaggio. La minaccia velata. Sperava che non si trattasse di qualcuno che apparteneva al suo passato. Nessuno avrebbe dovuto sapere che lui era in città. A meno che non lo stessero cercando. O che non stessero cercando Colby.

In entrambi i casi, avrebbe dovuto tenerla d'occhio, assicurarsi che rimanesse al sicuro. Avrebbe dovuto fare buon viso a cattivo gioco, se ciò significava trascorrere più tempo con lei.

Mace sorrise.

***

Un sacchetto caldo e fumante si materializzò accanto a Colby. Aveva un profumo meraviglioso. Il pranzo. Dato che aveva saltato la colazione, le era brontolato lo stomaco per tutta la mattina.

"Grazie, Martin," disse senza nemmeno distogliere lo sguardo dal microscopio. Si sfilò una matita dal camice e prese alcuni appunti su un taccuino.

Martin non rispose. Quando le si rizzarono i capelli sulla nuca, lei si ritrasse e sollevò lo sguardo su Mace. "Cosa ci fai qui?"

"Non saluti?"

Cosa ci faceva l'uomo nel suo laboratorio? "No!" Colby si alzò bruscamente, costringendo Mace ad afferrare la sedia prima che cadesse.

"Sono venuto a portarti il pranzo e la macchina. L'ho sistemata. Ora rivoglio il mio furgone."

"Va bene." Colby frugò nella tasca del camice e gli porse le chiavi. "Tieni. Prendile."

Mace si protese verso le chiavi, ma le afferrò la mano. Colby cercò di allontanarsi, ma lui mantenne la presa.

"Chi ti ha fatto entrare? Questa zona è interdetta ai visitatori."

"Martin. Abbiamo fatto una lunga chiacchierata."

"Perché? Di cosa avete parlato?" Ma Colby aveva la brutta sensazione di saperlo già.

"Di te. Non mi avevi detto delle sue preferenze sessuali."

Colby inarcò un sopracciglio. "E lui te lo ha fatto?"

Mace ebbe almeno la decenza di mostrarsi colpevole quando disse: "Non credo di avergli lasciato scelta."

Finalmente, Colby liberò la mano da quella dell'uomo e sospirò. "Mace. Come ti è venuto in mente? È un buon amico e un collega. Tutto qui."

"Adesso me ne rendo conto." L'uomo la trafisse con uno sguardo di accusa. "Perché non mi avevi detto che non gli piacciono le donne? Voglio dire... Beh, sai cosa voglio dire."

"Cosa importa?"

"Pensavo–"

"Non avresti dovuto pensare! Pensavi con la parte sbagliata del corpo. Uomini!"

"Ehi, questo non è giusto."

"Perché, terrorizzare il mio collega lo è?"

"No. Mi dispiace."

Mace fece un passo avanti e lei ne fece un indietro.

"Ti dispiace!" Colby fece un altro mezzo passo indietro, fino a quando il suo sedere non premette contro il piano di lavoro. Non aveva dove altro andare, nessun posto dove scappare.

"Sì, e che tu ci creda o meno, mi sono scusato con Martin. Gli ho persino offerto il pranzo. Resterà via per un po'. Gli ho detto di fare una pausa pranzo bella lunga." L'uomo si avvicinò, costringendola ad allargare la postura per accomodare il suo corpo massiccio.

"Non ne avevi il diritto." Colby gli premette una mano contro il petto quando lui le si appoggiò. *Ma che diavolo.*

Mace si chinò abbastanza da appoggiarle le labbra sull'orecchio e bisbigliò: "Lo so, ma gli ho detto che anch'io avevo molta fame e lui ha capito."

Cristo. Il calore le lambì le guance. Non sarebbe mai più riuscita a guardare Martin negli occhi.

La lingua dell'uomo le sfiorò a malapena l'orecchio, ma quanto bastava per farle venire voglia. Come faceva a eccitarla così facilmente? La coscia di Mace era infilata fra le sue e l'erezione dell'uomo le premeva contro il ventre. Colby mosse il bacino e il suo inguine sfiorò la coscia buona di Mace. Si morse il labbro per soffocare il grido che avrebbe tanto, tanto voluto lanciare.

"Sei davvero sexy con quel camice. Hai qualcosa sotto?"

"Sì," sibilò lei, allontanando la testa. Non intendeva perdonarlo così facilmente. No.

Mace le afferrò la treccia e le fece voltare la testa. Il fiato dell'uomo si mescolò con il suo mentre le mormorava: "Non per molto," contro la bocca.

Colby si sciolse contro la scrivania e lui colse l'occasione per sfregare la coscia robusta contro il suo sesso, muovendosi quanto bastava per massaggiarle il clitoride.

"Ah... Cosa vuoi fare?"

Mace le passò la lingua sulle labbra, immergendola per un rapido contatto di lingua prima di ritirarsi. "Vuoi che te lo racconti o che lo faccia e basta?"

Colby doveva controllarsi. Era una professionista, santi numi. "Mace. Siamo in un laboratorio!" ricordò a lui e a se stessa.

"Lo so. Scommetto che è una delle tue fantasie, vero?" Mace le infilò la mano sotto il camice e lungo la camicetta, fino a quando il suo pollice le sfiorò un capezzolo turgido. Ci passò attorno ripetutamente, per poi pizzicarlo.

Le dita dei piedi di Colby si arricciarono. C'era il rischio che venisse completamente vestita. Non era possibile. "N-no. La porta–"

"Siamo soli." Mace le infilò l'altro ginocchio fra le gambe, facendogliele allargare.

Dio, quell'uomo le inzuppava le mutande. La sua gonna risalì lentamente fino alla sommità delle cosce man mano che lui le allargava le gambe. Bloccandola contro il piano di lavoro con il bacino, lui affondò contro di lei, una volta, due. Poi le sue mani si spostarono dietro le cosce e lui la sollevò in modo che avesse il bordo del sedere contro il piano. Mace sistemò ancora una volta il bacino in modo che lei potesse sentire tutta la sua erezione contro le mutandine zuppe.

"Mace... oh, oh cazzo... Se ci beccano..." Il cuore le martellava nel petto e il suo respiro era rapido e affannoso. "Qui non è come al poligono. Conosco queste persone; ci lavoro."

Colby cercò di rallentare il respiro, di schiarirsi la testa, ma la linea dura del membro dell'uomo premeva proprio nel punto giusto.

"È questa la cosa eccitante. Colby, ti voglio. Ti voglio così tanto che mi fa male."

Le cosce di Colby fremettero e lei avvertì una nuova ondata di calore fra le gambe. "La tua gamba..."

"Lascia perdere la gamba. Non è quella che mi fa male."

"Oddio." Colby gemette. Mace..."

"Lo so, tesoro."

L'uomo le sbottonò il camice e poi la camicetta. Le sfregò il naso contro il collo, proprio sul punto delicato dietro l'orecchio, prima di sganciarle il reggiseno e liberarle i seni. I capezzoli duri le dolevano mentre lui abbassava la testa per accarezzarne uno con la lingua. Un attimo dopo, l'uomo dedicò la stessa attenzione all'altro capezzolo. La calda umidità, combinata con la superficie ruvida della lingua, ancora una volta la portò quasi al limite. Dopo avergli affondato le dita nei capelli, lei lo tenne fermo mentre lui le succhiava prima un capezzolo e poi l'altro in bocca – mordicchiando teneramente, facendo seguire subito dei baci al grattare dei denti. Colby esalò un basso e lungo gemito.

Quella era tortura. Ma la tortura non era mai stata così piacevole.

Mace spinse con impazienza Colby sul tavolo da lavoro,

facendo cadere a terra le sue carte senza accorgersene. Lei avrebbe voluto protestare, ma quando lui fece scivolare un dito lungo il bordo gruppo delle sue mutandine, non le uscì una parola. E quando lui la penetrò prima con un dito o con l'altro, lei sussultò. Al diavolo le scartoffie.

"Adesso," le dita di Mace scivolarono fuori e percorsero le labbra della sua vagina, "io," le dita affondarono di nuovo, "ti," lui curvò le dita nelle profondità di lei, "prendo," accarezzò quel punto, "proprio qui," quel dolce, dolce punto, "proprio ora."

Colby gemette di nuovo. Stava per venire. Proprio quando cominciò a sentire l'inizio delle contrazioni, le dita dell'uomo svanirono. *Porca miseria!* Mace le abbassò bruscamente le mutandine sotto le ginocchia. Lei cercò di toglierle con un calcio, ma si impigliarono in una caviglia. Non era nella posizione di sistemare il problema e, francamente, in quel momento non gliene fregava nulla. Sentì la cerniera dei pantaloni dell'uomo aprirsi, e poi *Oh...* la testa nuda del membro di Mace le scivolò sul clitoride gonfio, facendola tremare. Un piccolo movimento del bacino e le sarebbe stato dentro. Mace doveva averle letto nel pensiero, perché si mosse all'improvviso, facendo scivolare tutta l'asta dura contro la sua carne bollente. Il suo membro si lubrificò con l'eccitazione di Colby.

"Lo vuoi?" L'uomo le pizzicò ancora una volta i capezzoli.

"Sì."

"Quanto?"

"Io–"

"Quanto?" chiese a denti stretti lui.

Perché stava aspettando? "T-tanto."

"Sei fradicia. Solleva il bacino."

Quando lei lo fece, Mace si ritrasse leggermente.

Colby cercò di afferrargli il bacino con le gambe per attirarlo più vicino a sé. Ma lui stava trafficando con i jeans, che erano abbassati sui fianchi. Il denim gli incorniciava il membro rigido, i peli scuri e le palle. Ma lei non voleva vedere quanto ce l'aveva duro; voleva sentirlo. Dentro. "Adesso," gemette.

"Non ancora." Mace cercò il portafogli.

"Adesso!"

"No." Mace fece una smorfia e imprecò quando l'involucro del preservativo rifiutò di strapparsi.

"Mace..." Colby afferrò il preservativo, lo lacerò con i denti e lo srotolò con impazienza sull'erezione calda e durissima di Mace, masturbandosi mentre lo faceva. Quando arrivò alla radice del membro, gli prese le palle in mano e strinse leggermente.

"Cristo, Colby!" ansimò Mace. Passò la mano chiusa lungo il membro una, due volte, e tutto il suo corpo rabbrividì in risposta. Le afferrò il polso, rompendo il contatto con le unghie che gli rastrellavano delicatamente le palle. "Cazzo!"

Le strinse forte i fianchi, le inclinò un po' più in alto il bacino e, con un grugnito, si tuffò dentro. Mentre entrambi esalavano bruscamente il fiato, Colby si dimenticò come si faceva a respirare. Lui rimase immerso fino alla radice e fece piccoli movimenti contro di lei in modo che i suoi testicoli le stuzzicassero l'ano mentre il suo inguine sfregava contro il clitoride. I minuscoli affondi la fecero impazzire. Aveva bisogno di venire. Non ce la faceva più.

Con un grugnito, Mace disse: "Resisti."

"Non ci riesco—"

"Resisti." Le lasciò cadere la testa sul petto e ansimò.

Il cuore le sarebbe balzato fuori dal petto se lei non fosse venuta presto. "Mace!"

Lui imprecò, buttò la testa all'indietro mentre inarcava la schiena e glielo ficcava dentro fino in fondo, ripetutamente.

Colby artigliò il piano, afferrò il vuoto e lanciò un ululato basso.

"Adesso!" Mace venne violentemente e le contrazioni di Colby lo risucchiarono ancora più a fondo, fino a quando non furono entrambi esausti.

Un attimo dopo, Mace riprese faticosamente fiato. Il suo petto annaspava mentre le crollava praticamente addosso, la maggior parte del suo peso retto soltanto dagli avambracci sul piano di lavoro.

Quando il respiro di Mace si fece più regolare, lui la baciò sul naso, sulle palpebre, sulle labbra, prima di leccare l'incavo della clavicola. Colby era sicura che avesse un gusto salato.

"Accidenti," sussurrò lei una volta ripreso fiato. "Che bella pausa pranzo."

Mace le ridacchiò sommessamente contro la spalla, ancora sepolto dentro di lei. "Ti si fredda il cibo."

Colby si tolse i capelli umidi dalla fronte. "Non ho più fame."

Capitolo dieci

Mace aveva promesso a Colby che l'avrebbe raggiunta alla casa. Quel giorno avevano in programma di cominciare a pitturare la veranda, ma Mace aveva fatto più tardi del previsto. Al ferramenta c'erano carenza di personale e molti clienti. Peggio ancora, il suo ordine di otto latte di vernice non aveva fatto felice nessuno, soprattutto quando lui aveva chiesto di passarle prima nel miscelatore. E quello *dopo* che i commessi erano stati costretti a miscelare il color panna personalizzato di qui Colby si era innamorata.

Se non altro, Colby aveva vernice sufficiente a casa per cominciare a lavorare prima che lui arrivasse. Mace la immaginava già tutta sporca di vernice: fra i capelli di fuoco, sui vestiti, sopra le vernici sul suo bel nasino.

Mentre svoltava con il furgone l'angolo della strada alberata di Colby, notò il posteriore di una vecchia auto che sporgeva dal viale. La siepe incolta lungo i confini della proprietà nascondeva il resto. Ma una parte sufficiente del veicolo era scoperta da permettere a Mace di riconoscere una Caprice grigio spento dei primi anni Novanta.

Si trattenne dal premere a fondo sull'acceleratore, dal correre alla casa, dal raggiungere Colby il prima possibile. Invece, accostò e cercò di ritrovare la lucidità. Mise bruscamente in P prima di saltare giù dal furgone.

Il suo istinto si attivò mentre percorreva furtivamente il bordo della proprietà, tenendosi vicino al lato del vicino della siepe. Quando raggiunse l'angolo posteriore, scalò la vegetazione e si intrufolò con prudenza attraverso la porta posteriore della casa.

COLBY NON RIUSCIVA A SMETTERE di pensare a Mace, per quanto ci provasse. Era felice. Davvero felice. Almeno per il momento. Tutte le volte che pensava a fare sesso con lui – il sesso migliore della sua vita – a casa di lui, a casa sua, al laboratorio, dappertutto, praticamente si scioglieva.

Ma avere a che fare con l'uomo era anche frustrante. Un attimo prima, Mace faceva qualcosa per farla arrabbiare e quello dopo le faceva dolere il cuore e il sesso con un cenno. Colby ci stava cascando profondamente...

Provava a resistere. A resistere a lui. Ma dopo solo un paio di settimane, non ce la faceva più. Non aveva mai provato nulla di simile in vita sua. Mai. Era innamorata... del modo in cui Mace faceva l'amore. Solo di quello, cercava di convincersi. Aveva giurato a se stessa più di un anno prima che non sarebbe ricaduta in una trappola del genere. Non avrebbe infranto la sua stessa promessa.

Anche se, per il momento, si sarebbe concessa di godersi Mace e tutto ciò che lui offriva. Quello era il limite. Si sarebbe goduta la tenerezza dell'uomo, il suo lato selvaggio e il suo lato brusco. Mace non pensava che sarebbe rimasto per più di un paio di mesi. Lei avrebbe preso quei giorni. E quelle notti.

Verniciò la veranda con ampie pennellate rilassanti. Lunghe e profonde linee di colore. Avanti e indietro. Colby chiuse gli occhi e trasse un respiro profondo e tremante. Immaginò il corpo di Mace sopra il suo, il membro duro e pronto, che la pungolava, che la apriva–

"Ciao, tesoro."

Colby si immobilizzò e il pennello le scivolò dalle dita. Lo guardò impotente cadere sulla sua veranda nuova e macchiarla dappertutto. Non riusciva a muoversi. Non riusciva a respirare. Niente. Ma chiuse gli occhi ancora una volta e si costrinse a trarre un nuovo respiro profondo. Un lento respiro profondo con le labbra tremanti.

"Che razza di benvenuto è?"

Quella voce familiare fece girare il suo mondo. Colby si aggrappò allo stipite della porta per reggersi, affondando le unghie nel legno.

"Non ti giri nemmeno per abbracciarmi?"

La mano dell'uomo le afferrò il braccio e la fece voltare a forza. Colby aprì gli occhi e guardò dritto nell'inferno. *Craig.*

L'uomo portava i capelli biondo sporco ancora corti e ben curati. Occhi azzurri e muscoli snelli componevano il metro e ottanta del suo corpo; erano quelli ad averla attratta inizialmente. Ma lui non era solo muscoli snelli: era muscoli snelli e cattiveria. E come Mace, anche Craig era in grado di imbonire chiunque portasse la gonna. Ma solo quando voleva.

"Ho sentito fortemente la tua mancanza."

Fortemente non era la parola giusta. Malvagiamente, piuttosto. La ragione per cui Colby aveva comprato la pistola e aveva imparato a sparare era l'individuo di fronte a lei. Quell'uomo era il solo motivo per cui lei aveva lasciato la città natia – dove era nata e dove aveva trascorso tutta la vita – per trasferirsi lì. Il suo nuovo, piccolo paradiso si stava trasformando rapidamente in un inferno terreno. Di nuovo.

"Il gatto ti ha mangiato la lingua?" mormorò sensualmente l'uomo. Si allungò, sfiorandole la guancia con una nocca.

Colby trattenne un verso piagnucolante. Se avesse mostrato anche solo un'ombra di paura, lui non avrebbe fatto che diventare più brutale.

A Craig piaceva la paura. Si nutriva del terrore di Colby. Lei scosse la testa, allontanandogli la mano.

Non stava succedendo davvero. Colby aveva pitturato troppo a lungo e i fumi della vernice le avevano provocato un'allucinazione. Se lo stava solo immaginando. Giusto? Giusto? *Giusto!*

Sbagliato.

Craig Jones abbassò la testa, lasciando solo un capello di distanza fra di loro, e inalò profondamente. "I tuoi capelli hanno un profumo buonissimo, tesoro. Accidenti, quanto mi sei mancata."

"C-Craig. Cosa ci fai qui? Come hai fatto a trovarmi?"

L'uomo rise. Alle orecchie di Colby, il suono era crudele, mordace. "Non è stato difficile. Non ci sono molti posti dove una biochimica possa trovare lavoro, da queste parti."

"Perché?" Colby si premette contro lo stipite, cercando di allontanarsi il più possibile dall'uomo. Questi si avvicinò, inclinando la testa. Piantò una mano sullo stipite, le dita abbastanza vicine da poter afferrare la treccia di Colby in una frazione di secondo.

"Perché? Che domanda stupida. Te l'ho appena detto. Mi manchi." L'uomo le rivolse un sorriso freddo.

"Che fine ha fatto Rhonda?"

"Rhonda." Craig scosse la testa e fece un sorrisetto. "Non mi importa di lei. Non la voglio più. Rivoglio te."

Colby ebbe una fitta al cuore, come se le stesse venendo un infarto. Perdiana, *voleva* avere un infarto. *Qualunque cosa.* Qualunque cosa pur di allontanarsi da quell'uomo.

Rivoglio te.

Rivoglio te.

Rivoglio te.

"No," mormorò Colby, scivolando lungo lo stipite sino a terra.

Craig la afferrò per i polsi e la trascinò in piedi, il volto una maschera crudele a pochi centimetri di distanza. Continuò a tirarle le braccia fino a quando esse non furono tese sopra di lei, i polsi bloccati contro la modanatura della porta. Li stringeva così forte che presto Colby cominciò a perdere sensibilità alle dita.

"No? Perché no, tesoro? Stavamo bene insieme. Mi amavi! E io amavo te. Ti amo ancora."

Qualcosa dentro di lei si ruppe. Non avrebbe dovuto provocare Craig, ma non riuscì a trattenersi. Non riuscì a non stuzzicare il nido di vespe.

"Craig, tu mi *amavi*? È per questo che mi picchiavi? Che mi prendervi a calci? Che mi hai rotto le costole e un braccio? Mi hai amata quasi a morte!"

"Tesoro, io ti picchiavo solo perché tu mi frustravi con la tua sfiducia e le tue accuse!"

Colby rise. La risata suonava folle persino alle sue orecchie. "Dio, Craig. Tu avevi altre donne di nascosto. Perché avrei dovuto fidarmi di te? Le mie accuse erano tutte vere."

"Ma tesoro, quelle donne non significavano nulla. Io amavo solo te." Craig lo disse così lentamente che Colby faticò a non rigettare. Quell'uomo era un pazzo. La sorte le aveva giocato un brutto tiro quando lo aveva portato nella sua vita.

Craig le lasciò i polsi così all'improvviso che lei ricadde

contro la casa. La sua testa batté contro lo spigolo dello stipite. Colby ignorò il dolore. Doveva mostrare forza, non debolezza. Altrimenti, sarebbe finita male. L'uomo non l'avrebbe mai perdonata per averlo lasciato, per essersi allontanata di notte dall'ospedale.

Craig si allontanò da lei prima di voltarsi e trafiggerla con lo sguardo. "Non mi ami più?"

Colby strinse i pugni. Avrebbe voluto sputargli in faccia. "No. Non ti amo da quando mi hai fatto il primo occhio nero."

"Colby, tesoro. Ti ho chiesto scusa. Ti ho detto che non lo avrei fatto mai più. Te l'ho promesso."

Una risata isterica le risalì la gola. *Te l'ho promesso.* Quante volte aveva sentito quelle promesse vane? Le aveva sentite fino a quando gli schiaffi di Craig non le avevano fatto fischiare le orecchie.

Lanciò un'occhiata disperata all'auto parcheggiata nel dialetto. Dentro c'era la pistola. E lei voleva tanto sparare a quel figlio di puttana.

Ma non sarebbe mai riuscita a raggiungere l'auto in tempo. Mai. Trasse un respiro profondo per farsi forza. "Sei nella mia proprietà, Craig. Non ti voglio qui."

Lui le rivolse un sorriso sghembo. "Tesoro, so che non dici sul serio."

"Craig, ti avverto. Fuori dalla mia proprietà prima che–"

"Prima che cosa? Cosa pensi di fare? Chi mi fermerà?"

"Io." Quella singola parola – quelle due piccole lettere – diedero un senso di salvezza a Colby.

Porca troia. Il timbro profondo di Mace non aveva mai avuto un suono così piacevole. Colby sentiva la presenza dell'uomo alle sue spalle, sulla soglia. La sua forza, la sua presenza, erano tutto ciò di cui lei aveva bisogno. Non aveva mai avuto bisogno di lui come in quel momento.

Aveva bisogno di lui e lui c'era. *Lui c'era.*

"E tu chi diavolo sei?" gridò Craig. Gonfiò il petto e si mise di scatto le mani sui fianchi, facendo un passo verso di lei.

"Il tuo peggior incubo. Credimi, testa di cazzo, ho avuto a che fare con porci criminali molto peggiori di te. E li ho schiacciati come degli insetti. Se non mi credi, mettimi alla prova. Sarà divertente spaccarti ogni singolo osso di quel cazzo di corpo."

Mace girò attorno a Colby e si mise di fronte a Craig. Le fece scudo con il suo corpo. La sua voce si abbassò a un rombo profondo. "Se mai tornerai o anche solo penserai di tornare in questa proprietà o di infastidire nuovamente Colby... *giuro...* che non camminerai più. Mai. E non scherzo."

Colby non dubitava di quelle parole. E a quanto pareva, nemmeno Craig.

Per la prima volta, lei vide il suo ex farsi piccolo per la paura. Lei stessa lo aveva fatto molte volte. Ora la situazione si era invertita.

"Ora farai meglio a levarti di torno. Se mai dovessi rivedere la tua faccia, la mia sarà l'ultima che vedrai." Le parole di Mace erano taglienti come acciaio freddo, mettendo in chiaro che non era un tipo con cui scherzare.

Colby rabbrividì nell'udire la forza tremenda di quelle parole. Usandola come appoggio, raddrizzò la schiena e fissò Craig dritto negli occhi. "Sarà meglio che tu te ne vada, Craig, se sai cos'è meglio per te. E lasciami chiarire una cosa prima di andartene. Non mi interessi. Fuori dalla mia vita."

"Sì, lo vedo. Ti sei trovata un uomo nuovo," sogghignò Craig mentre indietreggiava sui gradini della veranda. Se fosse stato un cane, avrebbe avuto la coda fra le gambe.

Colby e Mace rimasero in silenzio fino a quando Craig non svanì alla vista.

Il silenzio era teso, tuttavia, e un'energia violenta permeava ancora il corpo di Mace. Colby attese.

"Chi cazzo era quello?"

Colby si fece piccola. Non era in grado di affrontare la rabbia dell'uomo. Non ora. Aveva bisogno che lui la abbracciasse mentre lei singhiozzava per il sollievo fino a esaurire le lacrime.

"Colby! Guardami! Perché non mi hai parlato di lui? Perché non mi hai avvertito?"

"Non... non pensavo che mi avrebbe trovata. O anche solo cercata."

Mace era rigido; apriva e chiudeva i pugni. "Incredibile. E se io non ci fossi stato? Cosa sarebbe successo, Colby?"

Lei si premette il dorso della mano contro le labbra tremanti. "Non lo so. Ero troppo lontana dalla pistola."

L'uomo le lanciò un'occhiata incredula. "La pistola? È per quello che l'hai comprata? *Cristo santo!* Voglio dire... sapevo che qualcuno ti aveva fatto del male. Lo sapevo." Furibondo, cominciò a camminare avanti e indietro sulla veranda. "Non mi ero reso conto che lo avesse fatto fisicamente. Che bastardo," disse a denti stretti. "Cosa pensavi di fare, Colby? Sparargli?"

"Non lo so."

"Sì che lo sai. Lo avresti ucciso, se ne avessi avuto la possibilità."

Mace aveva ragione. Colby lo avrebbe fatto. "Sì."

Mace gemette e la attirò a sé, circondandola con le braccia e cullandola avanti e indietro. Il corpo di Colby tremò, si irrigidì e finalmente si sciolse mentre le sfuggiva un singhiozzo.

"Lo odio."

"Lo so," le mormorò lui fra i capelli. Le accarezzò la

schiena con entrambe le mani, per poi stringerla più forte. "Se n'è andato."

"Potrebbe tornare." Colby tremò e tirò su col naso. La maglietta di Mace si inumidì delle sue lacrime. Si stava comportando in maniera sciocca, ma non riusciva a fare altrimenti.

"Non lo farà. Te lo prometto." Mace le mise le labbra sulla fronte. Colby sapeva che quella era una promessa sincera: Craig non sarebbe mai tornato. Era sicura che, essendo un agente federale, Mace avesse dei contatti a cui poter fare qualche telefonata. Ma onestamente, non le importava cosa ne sarebbe stato del bastardo.

Mentre cercava di asciugarsi le lacrime con il dorso della mano, lui la fermò e le asciugò baciandole.

"Quanto hai sentito?" chiese Colby, la voce che ancora tremava.

"Abbastanza." L'uomo si sedette sul primo gradino e la avvolse fra le braccia. "Avresti dovuto dirmelo."

"Non potevo."

"Perché?"

"Ecco..." Nuove lacrime le scivolarono sulle guance. Era inutile non essere sincera con lui. "Mi vergognavo."

"Non lo hai mai detto a nessuno?"

Colby scosse la testa.

Mace strinse i denti. Lei lo sentì succhiare un respiro, poi avvertì la tensione lasciare improvvisamente il corpo dell'uomo, in fretta come era arrivata. "Colby, andiamo a casa."

Sono già a casa, pensò lei quando lui la strinse ancora più forte.

MACE SI APPOGGIÒ allo schienale del divano, i piedi nudi sul tavolino da caffè, il notiziario della sera di sottofondo. Colby era seduta in silenzio accanto a lui mentre lui finiva di leggere il documento legale che aveva fra le mani.

Mace rise amaramente e lanciò l'ingiunzione sul tavolo. "Quanto cazzo è ridicola. Sai che questi provvedimenti non servono a niente, vero? Cosa si aspettano che tu ci faccia? Che glielo tiri contro? Che lo tagli con la carta?"

"È meglio di niente." Le avevano detto che l'ingiunzione di protezione dagli abusi l'avrebbe, beh, protetta. Era stata decisamente fuorviata.

"Come no, cazzo. Oggi ti ha aiutata moltissimo, infatti." Mace chiuse il pugno in grembo. "Anche se tu fossi riuscita a chiamare il 911, lui avrebbe potuto ferirti gravemente o persino rapirti prima che qualunque mangiaciambelle locale potesse arrivare sulla scena. Quei pezzi di carta non fermano i proiettili."

"Sono stata stupida a non tenere il cellulare a portata di mano."

"Mi dispiace. Non volevo farti sentire peggio. Non incolpare te stessa. Stai facendo quello che dovresti fare: voltare pagina e vivere la tua vita."

Mace prese la bottiglia di birra dal tavolino, bevve un lungo sorso e poi un altro prima di metterla sul sottobicchiere che recitava "FBI: *Female Body Inspector*." Aveva detto che quei sottobicchieri erano uno scherzoso regalo che gli aveva fatto sua sorella quando si era diplomato all'accademia.

"Dov'è il resto?"

Colby capì a cosa si riferiva senza nemmeno chiederglielo. Si chinò e raccolse la cartelletta che aveva lanciato sul pavimento accanto al divano. Gliela porse senza dire nulla. Lui la prese e se la mise in grembo, senza nemmeno aprirla.

Invece, osservò Colby in viso mentre chiedeva: "Sono copie o gli originali?"

"Un po' e un po'."

"Vuoi davvero che li guardi?"

Senza esitazione, lei rispose sinceramente. "No."

"Ma mi permetterai di guardarli," disse Mace con espressione indecifrabile.

"Sì."

Colby prese il bicchiere di vino dal tavolo ai piedi dell'uomo e bevve i due sorsi rimasti. Era una falsa speranza; non credeva che l'alcol l'avrebbe aiutata ad arrivare fino in fondo. Era come stuzzicare una ferita in via di guarigione. Lei non voleva rivivere l'esperienza.

Finalmente, Mace allontanò gli occhi dal suo viso e aprì la cartelletta. Quando prese la prima foto, Colby distolse lo sguardo. Non aveva bisogno di guardare le immagini per ricordare. Le bastava chiudere gli occhi. Non poteva dimenticare.

Rivolse l'attenzione alla televisione, cercando di concentrarsi sul servizio che parlava di un politico locale coinvolto in uno scandalo.

"*Cristo santo.*" Quello che era cominciato come un sussurro sconvolto si trasformò, meno di un minuto dopo, in un esplosivo "*Quel figlio di puttana!*"

Mace lanciò la cartelletta attraverso la stanza e le dozzine di foto si riversarono sul tappeto come coriandoli. Una atterrò ai piedi di Colby e il suo viso, a stento riconoscibile per via del gonfiore e dei lividi, le restituì lo sguardo. Colby chiuse gli occhi, trattenendo le lacrime.

"Mi dispiace. Mi dispiace." Mace si alzò e girò per la stanza a raccogliere le foto, ficcandole nuovamente nella cartelletta. Dopo aver preso il sottobicchiere dal tavolo, infilò anche quello nella cartelletta prima di buttare il tutto sul sedile della poltrona vicino.

Riprese posto accanto a lei sul divano e bevve un altro lungo sorso di birra. "Mi dispiace, Colby."

Lei avrebbe voluto chiedergli per cosa, ma non sapeva se voleva davvero saperlo. Probabilmente, Mace era infastidito dal fatto che lei avesse fatto di se stessa una vittima. Forse gli dispiaceva che non avesse lasciato prima Craig. Presumibilmente, gli dispiaceva che lei fosse stata troppo debole per proteggersi dal male. Magari lo seccava che lei fosse stata così disperatamente bisognosa di amare una persona da scegliere quella sbagliata. Forse gli dispiaceva solo di aver perso la calma e aver lanciato la cartelletta, quel doloroso promemoria, dall'altra parte della stanza.

"Mi dispiace che ti abbiano fatto così male. Vorrei averti trovata prima." Le ultime parole furono pronunciate a bassa voce, così bassa da colpirla nel profondo. Anche lei avrebbe voluto conoscerlo prima.

"Le tue cicatrici sono molto peggiori," gli ricordò.

Mace esitò per alcuni lunghi istanti, lo sguardo addolcito da quella che sembrava tristezza. "Le mie me le ha fatte una persona che mi odiava al punto da volermi morto. Le tue sono state provocate da qualcuno che avrebbe dovuto amarti."

"Forse ci sbagliamo tutti."

"Riguardo a cosa?"

"Riguardo all'amore. Forse desideriamo così tanto l'affetto da vedere un legame dove non ce n'è."

"Può darsi. Ma io credo che l'amore sia possibile. Credo che aspetti le persone giuste." Passandosi una mano lungo la mascella, Mace le ravviò dietro l'orecchio i capelli sfuggiti alla treccia. "I miei genitori si amavano profondamente. Lo vedevo tutti i giorni dal modo in cui si comportavano e si parlavano. A volte, era solo una semplice occhiata. Ma persino un ragazzino come me se ne accorgeva. Dopo la morte di mio padre, mia madre accusò un colpo talmente forte che morì meno di due mesi dopo."

"Di crepacuore?"

"Diciamo così." Lui le circondò il viso e si chinò a baciarla.

"Non credevo che fosse possibile."

"Comincio a pensare che lo sia." L'uomo la baciò delicatamente, aprendole le labbra, esplorando con la lingua.

Lei non voleva approfondire il suo commento. Non voleva che la situazione si complicasse. Perdiana, non voleva ammettere che già era successo. Ricambiò il bacio, la sua lingua che faceva la lotta con quella di lui prima di staccarsi, baciandolo sul mento. L'ombra di barba dell'uomo era ruvida contro le sue labbra.

LE LABBRA di Colby si mossero lungo la sua mascella, poi la sua lingua gli tracciò una linea lungo il collo, lasciando una scia calda e umida.

Era esattamente quello di cui lui aveva bisogno dopo l'incidente di quel pomeriggio: distrarsi da quello che sarebbe potuto succedere a Colby. Se lui non fosse arrivato in tempo...

Merda.

La donna gli morse delicatamente il punto in cui la spalla si congiungeva al collo e lui appoggiò la testa allo schienale del divano, godendosi ogni momento, lasciandole piena libertà di fare quello che voleva con lui. Era tutto suo.

Colby baciò, mordicchiò e leccò qua e là lungo il suo collo. Gli sollevò la maglietta, scoprendogli il petto in modo da continuare a stuzzicargli i capezzoli e la zona circostante. Mace si sporse in avanti, afferrò la schiena della maglietta e se la sfilò bruscamente. La buttò sulla poltrona, coprendo la cartelletta fastidiosa. Ancora una volta, essa gli ricordò ciò che sarebbe potuto succedere.

Ma non era successo e loro erano lì, sul punto di divertirsi un po'. O parecchio, se fosse stato per lui.

Mace perse il filo dei suoi pensieri quando lei gli grattò delicatamente i capezzoli con le unghie.

"Merda." Mace afferrò l'estremità della treccia di Colby mentre lei gli massaggiava e baciava con diligenza il ventre e il petto. Dopo aver sfilato il piccolo elastico, passò le dita fra i capelli intrecciati, liberandoli dai loro confini. Risalì mentre lei scendeva, seguendo la linea dei peli scuri di Mace fino alla sommità dei jeans. Il bottone era già slacciato, dato che lui non aveva finito di indossare i jeans dopo la doccia.

La sorprese che lo osservava mentre gli abbassava lentamente la cerniera. Probabilmente, Mace sembrava istupidito quanto si sentiva. Dubitava che gli rimanesse nel sangue del cervello: sembrava che fosse migrato tutto verso sud.

All'improvviso, Colby si raddrizzò e gli rivolse un'occhiata severa. "Togliti i pantaloni." Non era una richiesta. Per niente. "Subito."

Accidenti, se avesse potuto venirgli duro ancora di più... Impossibile.

Mace si mise in piedi e si aggrappò per non perdere l'equilibrio. La sua coscia protestò rumorosamente. Ma non gliene fregava un cazzo. Non quella sera.

L'indomani, l'avrebbe pagata cara. Ma quella sera sarebbe stato lui a incassare, anche se la settimana a venire gli fosse toccato fare fisioterapia due volte al giorno.

Si abbassò i jeans fino alle ginocchia prima di appoggiarsi al divano per finire di sfilarseli, lanciandoli da qualche parte nella stanza. Non aveva indossato le mutande, sperando che quella sera avrebbe fatto centro. Per cui rimase nudo, con il membro dritto come l'asta di una bandiera. Non gli serviva altro che la focosa rossa di fronte a lui che sollevasse la bandiera.

La sua tentatrice non disse una parola. Il suo sguardo si era addolcito momentaneamente quando lui aveva vacillato, ma era tornato subito severo. Gli ricordava la prima sera in cui era tornato a casa. La immaginò nuovamente come l'insegnante: severa, pudica e inamidata all'esterno, assolutamente selvaggia all'interno.

Colby si spinse via dal divano e andò infilarsi fra le due ginocchia aperte, ma senza toccare. Abbassò lo sguardo su di lui, senza sorridere, con gli occhi seri. La sua espressione, da sola, gli impedì di masturbarsi il membro dolorante.

Un attimo dopo, Colby scosse la testa. I suoi capelli volarono sciolti attorno alle spalle e lungo la schiena. Si slacciò i jeans e li sfilò, ma Mace non riusciva a capire se indossasse o meno le mutandine, dato che la lunga camicia le arrivava fino a metà delle cosce. Ma era comunque dannatamente sexy.

Accidenti, voleva scoparla fortissimo. Ma non allungò le mani. Invece, aspettò di vedere a che gioco volesse giocare lei. L'attesa lo avrebbe ucciso, ma lui la adorava.

Colby si leccò le labbra, più per nervosismo che per provocare. Ma quando una mano cominciò a sbottonarle la camicia mentre l'altra si spostava verso la bocca, Mace mise in discussione la sua ipotesi. La donna si infilò un dito fra le labbra, lo succhiò e lo estrasse lentamente.

Mace non sapeva cosa guardare: il dito che lei stuzzicava con la lingua o le dita al lavoro sui bottoni. La camicia era ora aperta a sufficienza da permettergli di intravedere il reggiseno verde scuro, quasi della stessa sfumatura degli occhi di lei.

Non fu più costretto a decidere cosa guardare quando Colby si infilò il dito umido lungo la camicia aperta e le mutandine. Mace poteva anche non vederlo, ma di sicuro poteva immaginarlo.

Ciò lo spinse ad avvolgere la mano attorno all'asta, già umida sulla punta.

Colby si fermò e gli rivolse un brusco, "No."

Mace sussultò al suo tono di voce, stupito che provenisse da lei, e automaticamente mollò la presa sull'uccello.

Accidenti.

Ma non si sarebbe lamentato. Se Colby voleva avere il controllo completo, quella sera, lui non si sarebbe opposto.

La donna continuò a sbottonarsi la camicia con una mano e quando l'ultimo bottone fu slacciato, la camicia aperta rivelò a sufficienza da mostrargli che l'altra mano era decisamente, *decisamente* nelle mutandine. Che sembravano dello stesso colore e tessuto dal reggiseno, ma quello non era importante. A lui importava solo quello che stava succedendo sotto il tessuto verde. Vedeva le dita che si muovevano, le nocche che si spostavano, il polso che scivolava sotto il cotone. Colby si passò la mano libera sul reggiseno, scostandosi di più la camicia, offrendogli una visuale migliore. Buttò la testa all'indietro e gemette.

Poi le si piegarono le gambe. Prima che lui potesse protendersi a impedirle di cadere, lei si inginocchiò e gli afferrò le caviglie, facendolo sobbalzare per il contatto inaspettato.

Colby gli passò le dita su entrambi i polpacci, oltre le ginocchia piegate e sulle cosce, stando attenta alla ferita. Si avvicinò, premendo fra le gambe di Mace mentre gli faceva scivolare le mani attorno al bacino, sul ventre contratto e ancora una volta più in basso. Due dita si avvolsero attorno alla radice del membro e lei strinse.

Mace serrò le labbra per non blaterare come un idiota mentre il suo addome si stringeva ancora di più e le sue dita affondavano nella seduta del divano. Uno dei motivi era che non voleva venire. L'altro era che voleva evitare di trascinarsi Colby in grembo per impalarla profondamente.

Le due dita attorno al membro diventarono una mano intera mentre Colby si chinava sulla metà inferiore del suo corpo.

Cristo, niente lo eccitava di più che vedere i capelli rosso fuoco della donna in grembo. Essi gli sfiorarono le cosce, oltrepassarono l'inguine e gli solleticarono il basso ventre. Mace avrebbe rischiato di venire se lei gli avesse sfiorato il membro con i capelli. Erano così lisci–

Mace succhiò fiato e il suo bacino si sollevò dal divano quando la boccuccia calda di Colby si chiuse attorno alla punta del suo membro. La lingua della donna si portò via tutto il liquido seminale, come una gattina che lappava la crema. Glielo prese tutto in bocca, quasi fino in fondo. Le sue labbra urtarono la mano chiusa a pugno prima di risalire fino in cima, la lingua che stuzzicava la piccola fessura per un attimo prima che la sua calda, caldissima, bollente bocca gli prendesse nuovamente quasi tutta l'asta.

Sì. Cazzo.

Quando lei gli lanciò un'occhiata, lui si rese conto che forse aveva detto ad alta voce. Meno di un istante dopo, Colby stabilì un ritmo con la lingua e con le labbra, accarezzandogli l'erezione mentre gli stringeva la radice con il pugno.

Mace appoggiò la testa e non riuscì a guardare; se lo avesse fatto, avrebbe rischiato di non riuscire più a resistere. Non aveva bisogno di vedere quello che le stava facendo. Per niente. La visione era impressa a fuoco nel suo cervello. L'avrebbe ricordata a lungo.

Quando l'altra mano di Colby gli circondò delicatamente le palle e strinse, i suoi occhi si spalancarono e lui udì qualcuno gridare. Quel qualcuno era lui.

Il suo cervello divenne così annebbiato che lei avrebbe potuto chiedergli di saltare e lui non avrebbe nemmeno chiesto quanto in alto. Avrebbe fatto qualunque cosa, qualunque cosa lei gli avesse detto. Soprattutto quando gli leccava la punta come se fosse un lecca-lecca, cercando di vedere quante leccate ci volevano per arrivare al centro. I casi erano due: o Mace era molto saporito o lei era molto affamata...

Il ritmo costante di Colby lungo il suo membro riprese e lui non riuscì a resistere: le ficcò le dita nei capelli e cominciò ad affondare. Il suo bacino si sollevò per andarle incontro a ogni movimento. Le sue dita accentuarono la presa fra i capelli di Colby e lui si tese, pronto a venire. Aveva bisogno di sfogo. Le sue palle si contrassero in maniera spaventosa e non contribuì il fatto che lei continuava a giocare con loro, a stringerle, a rotolarsele fra le dita snelle.

Colby ritrasse la testa e disse: "No, voglio che tu mi venga dentro."

Era bellissima con le guance arrossate e le labbra luccicanti e gonfie. Lui sarebbe stato felice di venire proprio lì. Ma lei aveva deciso di essere il capo.

E lo sarebbe stata.

Colby si alzò in piedi e si allontanò dalle gambe di Mace, appena fuori portata. La sua camicia scivolò a terra e lei rimase con un'aria molto appetitosa nel reggiseno e le mutandine abbinate. Mutandine che sembravano un po' più scure all'apice delle gambe. E quello lo fece sorridere.

"Ho bisogno di una mano."

Mace inarcò un sopracciglio con aria interrogativa. Avrebbe voluto avere un aspetto canagliesco, ma la verità era che non riusciva a spiccicare parola, con il groppo che aveva in gola.

"Voglio che tu me le tolga," disse, voltandogli le spalle.

Fece un passo indietro prima di sollevare i capelli per toglierli di mezzo.

Le passò le dita sulla pelle liscia e chiara della schiena, lungo i bordi delle spalline, prima di protendersi verso la fibbia. La aprì e lasciò che il reggiseno ricadesse in avanti.

Passò i palmi lungo i fianchi di Colby fino a raggiungere la sommità delle mutandine, quindi fece scivolare le dita sotto l'elastico e davanti, quasi ad abbracciare la vita della donna. Con le mani di nuovo sui fianchi, abbassò le mutandine. Lentamente. Il suo tocco si soffermò ogni tanto – sui fianchi, lungo le cosce, oltre ginocchia, fino a quando il pezzetto di tessuto verde non cadde fino alle caviglie. Colby sollevò un piede prima di allontanare con un calcio le mutandine.

Continuando a dargli le spalle, la donna incrociò le braccia sui seni, i capelli che le coprivano la schiena come un mantello di fuoco. Non poteva essere timida, ora. Perdeva le inibizioni durante il sesso; non ne acquisiva di nuove. Per cui, non poteva volersi nascondere da lui.

E, *occazzo*, non lo stava facendo.

Quando si voltò verso di lui, si massaggiò i seni, pizzicando entrambi i capezzoli, il labbro inferiore stretto fra i denti. Si portò una mano attraverso il ventre, ancora una volta fino al triangolo infuocato, e si allargò le labbra del sesso...

"Non–" disse di getto lui, fermandosi. "Non farlo, cazzo," gemette Mace, per poi maledirsi.

"Non ti piace?"

"Oh, no, mi piace. Mi piace tanto. Ma se vai avanti così, mi vengo addosso."

"Vai indietro."

Mace lo fece. Si premette contro lo schienale del divano e le tese le mani. Lei accettò e usò le sue braccia per mantenere l'equilibrio mentre gli sedeva sopra, mettendo un ginocchio accanto a ciascuno dei suoi fianchi. Mace colse una zaffata del suo profumo, caldo e muschiato e decisamente femminile. Voleva seppellire il viso in mezzo alle sue gambe e assaporarla. Ma non era così che sarebbe andata quella sera. Quella sera, era lei a comandare.

Colby rimase sospesa sopra di lui, appoggiando il peso agli stinchi. Era tanto lontana. Troppo lontana. Doveva avvicinarsi. Molto.

"Il preservativo?" squittì lui. La tenne per le braccia, assicurandosi che non si abbassasse. Non prima di sistemare quella faccenda.

"È tutto a posto."

"Ehm, d'accordo..."

Colby si chinò e gli avvicinò le labbra all'orecchio, bisbigliando: "Prendo la pillola, ma prima non ero sicura... Ora sì. Voglio solo te, soltanto te, dentro di me, senza niente che si frapponga."

Mace gemette per la pregustazione; il piano gli suonava bene. Benissimo, cazzo. Era il migliore che avesse mai sentito. Il suo membro guizzò e le sfiorò il pube umido, cosa che lo spinse ad affondare con il bacino.

Colby rise rocamente. "Seduto."

Dopo avergli appoggiato una mano al petto per mantenere l'equilibrio, gli afferrò l'asta con l'altra, sfregandola contro la fessura, rendendola se possibile ancora più scivolosa. La allineò nella posizione perfetta e lui fu pronto, prontissimo a procedere.

Colby mosse il bacino in piccoli cerchi mentre si abbassava. Scendeva di un paio di centimetri, risaliva fino ad avere solo la punta dentro, scendeva di quattro o cinque centimetri e poi risaliva. Poi ancora un po' più giù prima di risalire, il tutto mentre teneva i muscoli interni contratti e muoveva il bacino in cerchio.

Mace stava per perdere conoscenza. Ancora qualche

istante e sarebbe morto. Con un sorriso gigantesco sul viso, per di più.

Quando finalmente lei gli affondò addosso, prendendosi tutto, Mace perse il filo dei pensieri. Le passò le braccia attorno alla schiena e la strinse. Colby si sfregò in cerchio contro il suo grembo e lui premette il viso fra i suoi seni, l'aria che gli usciva sibilando dai polmoni. Cercò di prendere fiato mentre lei gli ondeggiava contro, emettendo piccoli miagolii e gemiti. I suoni della donna gli vibrarono nel petto e contro la guancia mentre lui li sfregava il viso contro il petto, muovendosi fino a quando non prese un capezzolo in bocca, aspirando il nocciolo contratto e duro. Più in fretta lei ondeggiava, più forte lui succhiava.

All'improvviso, i movimenti di Colby si fecero frenetici e nel giro di qualche istante lei si irrigidì, stringendo i muscoli interni attorno a lui e lanciando un lungo grido. Mace affondò verso l'alto e sentì il calore che lo attraversava. Eiaculò profondamente dentro di lei, il membro che sussultava al ritmo dell'orgasmo di Colby.

Ringraziò la sua buona stella perché lei era venuta così in fretta. Non sarebbe riuscito a resistere molto più a lungo.

Quando Colby gli collassò contro il petto, gli avvolse le braccia attorno al collo, sospirando. "Wow," gli sussurrò fra i capelli.

Lui ridacchiò. "Idem." Sfregandole il naso contro il collo, le baciò la pelle umida.

Colby disse: "Devo togliermi dalla tua gamba." Anche se non fece alcuno sforzo per farlo.

"No. Va tutto bene. Non voglio che tu ti muova." La sua gamba spasimava solo leggermente. Presto si sarebbe calmata.

Squillò il telefono, facendo sussultare Colby contro di lei. La donna guardò preoccupata il telefono. "E adesso?"

"Va ancora tutto bene." Mace si allungò e staccò il cordless dal tavolino. "Pronto?" Il silenzio lo accolse. Ritentò. "Pronto?"

Una risata sommessa gli rispose prima che sentisse un clic e il suono di chiamata. Il suo stomaco precipitò.

Mace mise giù e sbatté il telefono sul tavolo. "Beh, ora sappiamo chi *non* era a fare quelle telefonate."

Doveva chiamare la compagnia telefonica e cancellare l'abbonamento. Per poi uscire sul retro con tutti i telefoni della casa e spaccarli a martellate.

Le braccia di Colby si strinsero attorno a lui e la donna nascose il viso contro il suo collo. Lui le mosse le dita su e giù lungo il solco della schiena.

Inizialmente, aveva sperato che fosse qualche ragazzino stupido a fare quegli scherzi. Dopo la comparsa di Craig, aveva sperato che il colpevole fosse quel bastardo. Ma cominciava ad avere una gran brutta sensazione. Era arrivato al punto da pensare di chiedere al Bureau di tracciare le telefonate.

Strinse le natiche di Colby. Voleva andare in fondo a quella faccenda, e presto.

Capitolo undici

Colby camminava in mezzo alle file di quella che, di primo acchito, sembrava robaccia. Ma non era robaccia. Oggetti di antiquariato e altri arredi erano posati in lunghe linee sull'erba. Ogni tanto, qualcosa – un mobile o un orpello unico – attirava il suo sguardo e lei esitava, si avvicinava e lo osservava.

Se l'oggetto le piaceva, finiva nell'elenco assieme a quello che lei riteneva il suo valore, o almeno quello che lei era disposta a offrire. Con fondi limitati a disposizione per arredare la casa, doveva tenere d'occhio le spese. La sua priorità erano i restauri. Un tetto che non perdeva era più importante di un sofà antico.

Le aste aveva una tendenza a coinvolgerla troppo e prima di rendersene conto, lei si ritrovava a spendere troppo per un singolo articolo. Le aste erano divertenti, ma provocavano dipendenza.

Non riusciva a credere che Mace avesse voluto venire con lei e Martin. Di recente, l'uomo le era rimasto molto vicino.

Tutte le volte che lei doveva fare una commissione, lui insisteva per farla per conto suo o almeno per accompagnarla.

Lei non sapeva se Mace stesse cercando di darle una mano o se fosse semplicemente troppo possessivo. In entrambi i casi, quel giorno era venuto anche lui. Ma poco dopo essere arrivati, Martin e Mace si erano allontanati parlando di quali mobili sarebbero stati bene con la modanatura e le altre decorazioni in legno della casa.

Normalmente, Colby preferiva le aste che si tenevano in settimana e di giorno, perché di solito c'era meno competizione. Ma quell'asta era piena di gente, perché era uno splendido sabato mattina.

La proprietà si trovava solo a circa un chilometro e mezzo dalla sua e l'asta era tenuta dagli eredi del defunto proprietario. Anche la casa era stata messa all'asta, ma era in pessime condizioni, peggiori persino di quelle della casa di Colby quando lei l'aveva comprata. Chiunque l'avrebbe acquistata avrebbe dovuto probabilmente abbatterla e ricostruirla. Ma sebbene la casa sembrasse in condizioni disastrose, i vecchi mobili di legno erano ben tenuti. Splendide opere classiche punteggiavano il cortile.

Mentre percorreva un'altra fila, Colby trovò un articolo in particolare che aveva visto sul catalogo: uno splendido armadio vittoriano ricavato da un unico pezzo di noce.

Aprì un cassetto per ispezionare l'incastro a coda di rondine. Lo specchio era grande e il legno che lo circondava era intagliato a mano. Il piano in calcestruzzo bianco e marmo variegato creava un contrasto meraviglioso con il ricco colore del legno di noce. Il pezzo era in ottime condizioni per essere un mobile che esisteva fin dagli anni Sessanta dell'Ottocento.

Colby fece un passo indietro per fissarlo. Lo voleva tanto, ma sapeva che avrebbe raggiunto una quotazione molto alta.

Sospirò delusa. Sicuramente, un collezionista glielo avrebbe soffiato a un prezzo ben oltre la sua portata.

"È bellissimo, vero?"

Sobbalzò nell'udire una profonda voce maschile da dietro le sue spalle e si voltò verso lo sconosciuto. "Sì. Mi piacerebbe molto, ma non credo che potrò permettermelo."

"Come fa a sapere che non può permetterselo? Siamo a un'asta. Alle aste si fanno sempre buoni affari."

L'uomo alto, ma tarchiato, aveva gli occhi marrone scuro e i capelli altrettanto scuri. La sua carnagione era più scura di quella di Mace, più olivastra, e inconfondibilmente etnica, anche se lui non aveva una cadenza riconoscibile. Qualcosa in lui la metteva a disagio. Forse il fatto che le stava troppo vicino e invadeva il suo spazio personale.

Colby fece un passo di lato per frapporre un po' più di distanza fra di loro. Si strinse nelle spalle. "Ho visto quanto hanno fruttato opere simili. Non terrò il fiato sospeso nella speranza di vincere."

"Ma farà un'offerta?"

Colby ci pensò su per un momento. "Sì, fino a quando non supererà il mio budget."

"Che sarebbe?"

Lei non si sentiva a suo agio a parlare di denaro con un perfetto sconosciuto, per cui ignorò la domanda. "Quali pezzi le interessano?"

L'uomo si strinse leggermente nelle spalle, poi infilò le mani nelle tasche dei pantaloni. Ma non prima che lei notasse il costoso orologio che portava al polso. Un Rolex. Sempre che non fosse falso.

"Sono qui solo per dare un'occhiata."

Dare un'occhiata? Era un po' strano. La maggior parte delle persone veniva a un'asta perché voleva fare un buon affare o procurarsi un oggetto in particolare, non solo per dare un'occhiata. "È un parente?"

"No. Ero di passaggio quando ho visto le auto e il cartello dell'asta. Ho pensato di dare un'occhiata."

Sì, c'erano parecchie auto parcheggiate in maniera creativa: sulla strada, sul prato, davanti ai vialetti dei vicini. La classica giornata da asta. Ma quella strada non era una via principale, una scorciatoia o anche solo una via trafficata. "È di qui, allora?"

Quegli occhi scuri, improvvisamente freddi, la trafissero per un momento e Colby lottò contro l'impulso a tremare. Perché una domanda così semplice lo turbava?

"No. Sono solo venuto a trovare... degli amici." L'uomo inclinò la testa e passò lentamente lo sguardo su di lei, come se fosse uno dei preziosi oggetti di antiquariato messi all'asta.

Incapace di resistere, questa volta, Colby si lasciò percorrere da un brivido. Che non era dovuto all'interesse dell'uomo. La sensazione che ci fosse qualcosa di sbagliato la afferrò. Anche se lei non avrebbe saputo indicare esattamente cosa. Si finse interessata allo specchio del mobile, passando le dita lungo l'intaglio serpentino.

"Una lavorazione squisita, vero?" chiese lo sconosciuto.

Senza rispondere, Colby guardò nello specchio. L'uomo era proprio dietro la sua spalla destra, ma sulla sinistra lei vide Martin e Mace. Gli uomini distavano solo due file, immersi nella conversazione. Per la precisione, sembrava che stessero discutendo i meriti di una vasca da bagno con i piedini ad artigli.

Sarebbe stato molto visibile se lei si fosse voltata e avesse cominciato a gesticolare disperatamente?

Per fortuna, non ebbe bisogno di farlo. Mace sollevò lo sguardo all'improvviso, come se avesse avvertito la sua occhiata e la sua preghiera silenziosa. Vide l'uomo accanto a lei, si raddrizzò e cominciò a camminare velocemente nella sua direzione, senza che nella sua andatura determinata si intravedesse l'ombra della zoppia.

Se prima lei non era stata preoccupata da quello sconosciuto, adesso lo era ora. L'espressione di Mace evidenziava un certo panico e il suo linguaggio corporeo mostrava una particolare urgenza. L'uomo stava cercando di nascondere entrambe, ma fallendo miseramente.

Perché un agente federale sotto copertura mostrasse così palesemente le proprie emozioni...

La cosa dimostrava che Colby doveva muoversi e muoversi subito. Stare ferma come un'imbecille non le sarebbe servito a niente, se quell'uomo voleva farle del male. Ma... che diavolo? Perché quel tizio avrebbe dovuto farle del male?

Si voltò verso l'uomo. Era scomparso. Come se niente fosse. Si guardò attorno, ma non riuscì a trovarlo nemmeno tra le file vicine.

Mace la raggiunse di corsa e le afferrò il braccio con più fermezza del necessario.

"Ahi. Che succede?"

Lo sguardo dell'uomo scrutò la zona e lui la strinse fortemente contro di sé. Martin si diresse verso di loro, schivando gli altri pervenuti all'asta, che si stavano radunando nei pressi del podio in previsione dell'inizio dell'asta.

"Chi era quello?" le chiese Mace, dedicandosi finalmente tutta la propria attenzione.

"Non ne ho idea. Un tizio venuto per l'asta." Almeno, quello era ciò che aveva pensato all'inizio. Ora non era più sicura.

"Ti ha detto come si chiamava?"

"No. Avrebbe dovuto?" Mace non rispose e tornò a guardare la folla. "Mace, cosa diavolo sta succedendo?"

L'uomo si rilassò visibilmente e le sfiorò la fronte con le labbra, come per tranquillizzarla.

Come se una cosa del genere fosse sufficiente.

"Niente. Ero un po' geloso."

Aveva mentito. Poteva anche essere bravo a mentire, ma la verità era palese per lei. Mace non era il genere d'uomo che avrebbe mai ammesso di essere geloso. Mai.

"Martin e io abbiamo avuto una conversazione interessante," disse velocemente l'uomo, palesemente cercando di cambiare argomento.

"Oh?"

"Già." Mace la prese per il gomito e la allontanò dalla folla. La portò verso una striscia di alberi che offrivano una certa intimità. Una volta che furono arrivati a destinazione, la bloccò contro un albero, fuori vista rispetto al resto della folla. "Martin mi ha detto una cosa inquietante," disse Mace, il volto a pochi centimetri da quelli di Colby.

Colby stava ancora cercando di orientarsi dopo l'improvviso cambio di argomento. Distrarla non avrebbe funzionato. "D'accordo, vuoi tenermi in sospeso o me lo dici?"

"Lui sapeva tutto di Craig."

Merda. Forse distrarla *avrebbe* funzionato. "Beh, è mio amico e un mio collega. Mi sono confidata con lui."

"Ma non sei riuscita a dirlo a me. Non sei riuscita ad avvertirmi."

"Ti ho spiegato perché."

Craig non era un argomento di cui le piacesse parlare, dato che era una parte imbarazzante del suo passato – di cui lei voleva dimenticarsi, soprattutto ora che Mace lo aveva scacciato.

"Non ti sentivi a tuo agio a dirmelo." Non era una domanda, ma un'affermazione.

D'accordo, quella faccenda lo turbava più di quanto lei avrebbe pensato. "Cristo, Mace. Ci tenevi così tanto?"

Lui non disse nulla per un lungo istante, limitandosi a guardarla in viso. Poi abbassò la testa fino a quando le loro labbra non si incontrarono. Il bacio cominciò con dolcezza. Ma si fece più urgente. Lui le affondò le dita nella treccia, contorcendo la bocca sopra quella di lei, infilando la lingua fra le sue labbra. Il suo ginocchio si fece largo fra le cosce di Colby fino a premere contro il suo sesso. Un istante dopo, le stava sfregando la coscia contro il clitoride, facendola gemere nella sua bocca.

L'uomo si ritrasse leggermente, il respiro mescolato a quello di lei. "Porca miseria, Colby, voglio che tu ti fidi di me."

Colby non rispose. Anche lei voleva fidarsi di lui.

Mace esalò il fiato e le scostò una ciocca di capelli dietro l'orecchio prima di rivolgerle un sorriso rassicurante. "Forza. Vediamo se riusciamo a trovare qualcosa per riempire quella tua grande casa vuota." Ciò detto, l'uomo si spinse lontano da lei e si diresse di nuovo verso la folla.

Stava cercando di nascondere la paura di qualcosa. Non era semplicemente preoccupato per una conversazione qualsiasi con uno sconosciuto. E non sapere cosa lo disturbasse la preoccupava.

Capitolo dodici

Mace si allungò per cercare di afferrare l'oggetto fastidioso. Il cellulare che vibrava danzò ancora una volta sulla superficie liscia del comodino. Con riluttanza, Mace lo prese e se lo portò all'orecchio.

Un silenzio di tomba lo accolse, fino a quando lui non si rese conto di avere il telefono a rovescio. Lo raddrizzò e ripeté il suo brusco saluto.

"Tieni gli occhi aperti, Walker. Abbiamo ricevuto dei rapporti – affidabili – secondo cui Spinozi e i suoi uomini ti stanno cercando."

Se quello non era un risveglio brusco, Mace non sapeva cosa lo fosse. Cambiò leggermente posizione, appoggiando la schiena alla testiera del letto. "Aspetta, aspetta." Lanciò un'occhiata al cuscino accanto per assicurarsi che Colby dormisse ancora. Coprendo la bocca e il cellulare con una mano, sussurrò: "D'accordo, che diavolo succede?"

"Hai una taglia sulla testa."

Meraviglia delle meraviglie. "A quanto ammonta?"

"Non lo indovinerai mai."

"Allora dimmelo."

"Due sacchi e mezzo."

"Duemila e cinquecento?"

L'uomo all'altro capo della linea rise.

"Duecento cinquantamila?" Nessuna risposta. Mace scosse la testa incredulo. "No."

"Sì. Sono quasi tentato di ucciderti io stesso."

Mace si passò una mano fra i capelli in disordine. "Due milioni e mezzo? Porca troia. Spinozi deve essere incazzato nero."

"Mmm. Direi che è un eufemismo. Spero che tu stia guarendo in fretta, perché detesto dirtelo, amico mio, ma sei da solo. Manderei un paio di uomini a coprirti, ma non ho nessuno a disposizione. E comunque, tu sei bravo il doppio del mio secondo uomo migliore. Mi sono detto che riuscirai a superare da solo questo inconveniente."

"Inconveniente?" L'inconveniente in questione consisteva nell'evitare di farsi sparare a sangue freddo dallo sgherro di un capomafia.

"Per il tuo bene e per quello di lei, sbarazzati della ragazza e pensa a raggiungere una casa sicura. Il contratto è fresco; se non sanno già di lei, se la caverà benissimo. Ma non aspettare. È solo questione di tempo."

Mace imprecò sommessamente quando il telefono si spense. Lo infilò sotto il cuscino e si voltò a guardare Colby che dormiva. Il respiro della donna era ancora profondo e regolare, per cui lui non aveva motivo di pensare che avesse sentito qualcosa.

Accidenti. Come avrebbe fatto a farla uscire dalla sua vita? Le ultime settimane erano le migliori che lui avesse mai vissuto. Colby era fantastica... sexy e intelligente... Perdiana, il sesso era incredibile. Biochimica di giorno, infoiata di notte.

Lei era aperta ai suggerimenti, disposta a provare qualcosa di nuovo ogni notte. E anche ogni mattina.

Ma era lui a pagare il prezzo delle acrobazie quotidiane. Di giorno, quando Colby era al lavoro, la fisioterapista di Mace lavorava per sistemare gli intensi crampi alla gamba provocati dagli sforzi fisici. Robin gli aveva detto di smetterla di torturarsi; lui le aveva detto di lasciarlo in pace. I crampi erano sopportabili, anche se Colby non sapeva a quale sforzo sottoponeva il corpo di Mace.

Merda. Cosa doveva fare? Lasciarla? Non poteva. Doveva riflettere. Come poteva tenerla al sicuro, ma comunque nella sua vita?

Cazzo. Non poteva.

L'incontro con lo sconosciuto all'asta dimostrava che lui non poteva proteggerla 24/7. L'uomo poteva essere stato uno sconosciuto qualunque, ma...

Mace non voleva pensare al "ma."

Porca miseria, avrebbe dovuto allontanarsi da lei, in un modo che le avrebbe impedito di conoscere il vero motivo. Non poteva dirle che dei sicari lo stavano cercando. L'ultima cosa che voleva era che Colby venisse presa dal panico. Se dei semplici scherzi erano bastati a stressarla in quel modo...

Beh, forse c'era da aspettarselo. Inizialmente, la donna aveva pensato che il responsabile potesse essere Craig. Mace non poteva biasimarla perché aveva paura del bastardo, dopo quello che aveva visto in quelle foto.

Ma sarebbe stato meglio che lei non avesse paura. Per se stessa. Per lui. Poteva vivere la sua vita sana e salva, ora che finalmente Craig Johns non ne faceva più parte. Ma con Spinozi che metteva taglie sulla testa di Mace, c'era il rischio che il suo piccolo mondo sicuro precipitasse. E lei meritava di meglio. Molto di meglio.

Se Spinozi avesse avuto idea di ciò che lui provava per

Colby, quel grasso bastardo non avrebbe esitato a farla aggredire. O peggio.

D'accordo. Pensa, pensa, pensa. Come prendere le distanze in maniera brusca senza diventare oggetto di interrogatorio?

Cosa sarebbe stato plausibile dopo tutto ciò che era successo fra di loro? Avevano trovato una routine: Colby lavorava durante la settimana mentre lui andava alla fisioterapia, la sera cenavano insieme, più tardi consumavano un dolce decisamente bollente e trascorrevano i fine settimana a sistemare la casa di lei.

Mace gemette. Avrebbe dovuto comportarsi da bastardo col cuore di ghiaccio. Avrebbe dovuto interpretare un ruolo e diventare qualcosa, qualcuno che odiava.

Avrebbe dovuto diventare Craig.

Cazzo! Perché gli toccava fare una cosa del genere? Se ci fosse stata un'alternativa...

Le braccia di Colby si protesero verso di lui mentre la donna si stiracchiava. Il lenzuolo scivolò via, scoprendo un seno nudo. Mace chiuse gli occhi per resistere alla tentazione. Magari avrebbe potuto aspettare... No, doveva farlo subito. Colby non meritava di ritrovarsi invischiata in quel disastro.

Rotolando su un fianco, la donna gli rivolse un ampio sorriso. "Buongiorno."

Mace non voleva farlo. Non voleva davvero. Trasse un respiro profondo e abbassò lo sguardo sul viso radioso di Colby. Dopo aver serrato le palpebre per un momento, si immerse con riluttanza nel personaggio.

"Lo è?"

Usò un tono di voce freddo e brusco.

La confusione attraversò il viso della donna, che aggrottò le sopracciglia. "Qualcosa non va?"

"Ma no. È tutto perfetto. Proprio come piace a te."

Mace si alzò dal letto e le puntò un dito contro. "Perché non porti qui le tue cose? Cosa te ne fai di una stanza tua? Porca miseria, perché ti prendi la briga di riparare quella trappola di una casa?"

Colby si portò il lenzuolo al petto, pallida in viso. "Mace, che succede? Ti fa male la gamba? Ho fatto qualcosa?"

"Devo fare la doccia. Non sei in ritardo per il lavoro?"

Colby lanciò un'occhiata colma di panico all'orologio. "No."

"Allora perché non sei di sotto a prepararmi la colazione?"

Mace uscì a grandi passi dalla camera da letto, lasciando Colby da sola con la bocca spalancata.

Sbatté la porta del bagno e camminò avanti e indietro. Aveva bisogno di tempo per formulare un piano, per rendere credibile la sua recita. Se avesse combinato qualche cazzata, avrebbe rischiato di farla condannare a morte. O di condannare a morte se stesso.

Dopo essere uscito dalla doccia ed essersi vestito, scese le scale pestando i piedi ed entrò in cucina. Colby era ancora cinerea; i capelli le penzolavano sciolti attorno alle spalle. Aveva saltato l'asola di un bottone e la camicia pendeva storta. Mace avrebbe tanto voluto raddrizzarle la camicia e riabbottonarla, ma si limitò a stringere i pugni.

Qualche istante dopo che si fu seduto al tavolo, Colby gli mise un piatto di fronte. Mace fissò l'omelette con verdure e il bagel integrale prima di allontanare il piatto con una spinta violenta. Il piatto scivolò sferragliando sul tavolo e il bagel cadde a terra. Colby si voltò di scatto mentre versava il caffè, gridando quando si versò il liquido bollente sulla mano.

Mace sbatté il palmo sul tavolo, facendola sobbalzare. "Ti

sembra una colazione questa? Non posso avere del pane bianco normale? E del bacon? Perché sei così goffa? Hai sparso caffè dappertutto. Ora pulisci prima che si macchi il pavimento. Io vado a mangiare fuori. Non torno per cena."

"Mace..." sussurrò Colby, la voce tremante e senza fiato.

Mace la lasciò che si raffreddava le dita ustionate sotto l'acqua fredda. Aveva notato le lacrime che le colmavano gli occhi, ma non poteva permettersi di reagire. Non poteva. Era per il bene di Colby. Anche se lei non lo sapeva. Doveva andare così.

Doveva.

Merda.

LA CASA ERA SILENZIOSISSIMA. Mace non era davvero tornato per cena la notte prima. E nemmeno questa notte. Non era tornato a casa per niente.

Colby aveva bisogno di parlare con lui. Voleva sapere cosa lo disturbava. Perché si era comportato in quel modo la mattina prima. Lei aveva sbagliato qualcosa?

Probabilmente lui non voleva le donne che si portavano dietro un bagaglio. Magari, dopo aver assistito alla scenata con Craig, per non parlare dell'ordinanza e di quelle foto orribili, si era reso conto che avere a che fare con lei era troppo complesso. Forse, la rabbia l'aveva finalmente raggiunto e lui se l'era presa perché lei gli aveva tenuto segreto Craig. Aveva messo in chiaro che non era contento che Martin sapesse del passato di Colby, che lei condividesse informazioni personali con il suo assistente ma non con Mace, il suo amante.

O forse la loro relazione si era fatta molto complicata troppo in fretta e lui aveva sentito il bisogno di fare un passo indietro.

Ora, solo mezz'ora dopo mezzanotte, lei si trovava di fronte alla porta della camera chiusa dell'uomo. Provò la maniglia e si stupì di trovarla bloccata. La stanza era buia mentre si chiudeva la porta alle spalle. Si avvicinò a tentoni al letto per accendere la lampada. La luce illuminò le lenzuola spiegazzate, che le ricordarono il piacere che aveva trovato fra le braccia di Mace. Solo che ora stava diventando un inferno.

Mace aveva scacciato un inferno – Craig – dalla sua vita, solo per portarcene un altro.

Negli ultimi due giorni, lei aveva trovato impossibile concentrarsi sul lavoro. Aveva lo stomaco serrato ed era come se non ci fosse. Martin aveva espresso preoccupazione, ma l'aveva ritirata rapidamente quando lei gli aveva sbraitato contro.

Osservò la foto incorniciata di Maxi. Sentiva la mancanza alla sua amica, ma si rifiutava di infastidirla e di smorzare la sua gioia di sposa novella. Ciononostante, aveva bisogno di qualcuno con cui parlare. A cui chiedere cosa fosse andato male. Magari, Mace era afflitto da un dolore terribile. Lei sperava che fosse così, anche se non voleva che lui soffrisse.

Colby passò una mano sulle lenzuola spiegazzate. Erano fredde. L'esatto opposto di tutte quelle notti calde insieme.

Si recò al comodino dell'uomo e prese la sua colonia. Quando annusò la boccetta, quell'odore così riconoscibile la fece eccitare. Raccolse i pantaloni dell'uomo dal pavimento e li piegò, appoggiandoli in fondo al letto, chiedendosi se Mace fosse andato a fare fisioterapia quel giorno. Magari, al ritorno l'uomo si sarebbe sentito meglio e tutto sarebbe tornato normale.

Con un sospiro, Colby girovagò per la stanza, sfiorando le cornici appese alle pareti. In mezzo alle immagini c'erano i diplomi delle superiori e dell'Università. Colby si avvicinò per leggerli meglio; Mace era specializzato in diritto penale.

Una linea scura nella parete, una leggera apertura, attirò la sua attenzione su un minuscolo armadio con la porta socchiusa. Non quello in cui Mace appendeva di solito i vestiti; lei non lo aveva mai notato prima. La porta, alta poco più di mezzo metro e dipinta dello stesso colore delle pareti, non aveva una maniglia o dei cardini che ne tradissero la presenza.

Colby attraversò la stanza, ma esitò mentre il senso di colpa la travolgeva. Non avrebbe dovuto ficcare il naso, ma voleva conoscere meglio quell'uomo. Mace era pieno di segreti e non parlava mai del suo lavoro o delle sue relazioni passate. Mai.

Per cui, non poteva essersela presa perché lei gli aveva tenuto segreto Craig. Era impossibile; non aveva senso. Colby doveva smettere di tirare a indovinare. Avrebbe dovuto chiarire l'equivoco, se tale era, una volta che Mace fosse tornato a casa.

La porticina scricchiolò quando lei la aprì lentamente e sbirciò nello scompartimento buio, cercando di guardare all'interno. Alcune scatole contenenti dei fascicoli e un piccolo portadocumenti riempivano lo spazio ristretto. Colby tirò un cassetto. Erano tutti chiusi a chiave. Prese la scatola più vicina e la trascinò alla luce, togliendo il coperchio. Era stracolma di cartellette marroni con un nome scritto su ciascuna linguetta.

Un grosso fascicolo era posato al di sopra di tutto, come se fosse stato tolto di recente per poi essere buttato dentro in fretta e furia. Scritto in stampatello con pennarello nero era il nome *Manni Spinozi*.

Spinozi. Quel nome le suonava familiare, ma lei non avrebbe saputo esattamente dire perché.

Aprì il fascicolo e trovò una fotografia fissata con una

graffetta a un lato della copertina, mentre dall'altra parte era rilegato il profilo di un uomo. Colby osservò il volto di un uomo dai capelli scuri, molto ben vestito. Si trattava palesemente di una foto scattata di nascosto, all'insaputa del soggetto. Colby ricordò di aver sentito il nome dell'uomo al telegiornale, ma non ricordava perché.

Mentre leggeva il profilo, udì delle voci provenire al corridoio. Riconobbe quella di Mace, ma l'altra – la voce di una donna – le era completamente sconosciuta.

Col cuore in gola, ributtò il fascicolo nella scatola e chiuse bruscamente il coperchio con le mani che tremavano. Ficcò la scatola pesante nell'armadietto e chiuse rapidamente lo sportello. Si alzò in piedi mentre la porta della camera da letto si apriva sbattendo.

Mace si fermò sulla soglia, il braccio attorno a una bionda fintissima.

Colby fissò stupita i due e loro fissarono lei. Nessuno fiatò fino a quando la bionda non ridacchiò.

"Cosa ci fai nella mia stanza?"

Colby esitò. "Ecco..." Esitò di nuovo, senza parole. Il suo cervello non capiva quello che vedeva. "Ecco..."

Gli occhi dell'uomo la scrutarono e all'improvviso lei si sentì in imbarazzo per la maglietta troppo larga che a volte usava come pigiama. La donna che sorrideva Mace indossava una corta minigonna di pelle nera e un piccolo top halter dorato luccicante che non le copriva completamente i seni. Il completo era un po' volgare. No, molto volgare, ma anche molto più sexy della maglietta informe di Colby.

"Stavi aspettando come una povera sfigata–"

La sua attenzione tornò a Mace. *Pensa, pensa, pensa.* "No! Avevo... avevo dimenticato una cosa. Sono venuta a cercarla."

"L'hai trovata?"

Colby guardò la mano penzolante di Mace sfiorare la sommità dei seni della bionda. Era difficile non notarli, fuori com'erano. Annuì, incapace di parlare oltre il groppo alla gola.

"Ottimo. Vogliamo restare da soli." L'uomo le rivolse un ghigno malefico. "Fuori di qui."

Colby non riuscì a distogliere lo sguardo dai due, fianco a fianco sulla soglia della camera da letto. Quando Mace si chinò per dare alla bionda un lungo bacio umido sulle labbra rosso acceso, Colby distolse lo sguardo.

"Ancora qui?"

Colby si avvicinò alla coppia che bloccava l'ingresso, ma si fermò ad annusare l'aria. "Se ubriaco?"

Mace lanciò un'imprecazione violenta, spinse via la bionda e si protese verso Colby. La afferrò per il braccio per trascinarla in corridoio. La sua presa stretta le faceva male, ma lei non poteva fuggire. Mace era spaventoso. Non era l'uomo che lei pensava fosse.

Porca miseria, era come essere tornata con Craig! Colby aveva giurato che non si sarebbe mai più trovata in quella posizione, che non si sarebbe più lasciata maltrattare, mentalmente o fisicamente. E ora...

Le parole di Mace, pronunciate a voce bassa e minacciosa, la spaventarono ancora di più. "Sei soffocante! Non ce la faccio più. Voglio che tu te ne vada. Domani."

Colby riuscì finalmente a liberare il braccio. "Non preoccuparti, me ne andrò questa sera stessa."

Corse lungo il corridoio e andò in camera sua, dove si buttò sul letto e soffocò i singhiozzi violentissimi nel cuscino. Quando i singhiozzi finirono, lei si sentiva vuota e arrabbiata. Con se stessa.

Porca miseria. C'era cascata. Fino al collo. Ma la colpa era solo sua. Si era detta ripetutamente di non lasciarsi coinvolgere, soprattutto non da un uomo come Mace. Ma aveva ripetuto il solito errore. E ancora una volta, era stata lei a rimetterci.

Strinse le lenzuola con dita tremanti. Che stupida che era. Stupida al punto da...

Porca puttana, si era innamorata di quell'uomo! Lo stesso uomo che in quel momento era nella propria stanza con un'altra donna, a strapparle il cuore. Tirò su col naso e prese un fazzolettino per soffiarselo. Doveva darsi una calmata. Era già sopravvissuta a una relazione marcia; poteva farlo di nuovo. Doveva.

Avrebbe semplicemente portato via le sue cose dalla sua stanza – no, la stanza apparteneva a Mace – e si sarebbe trasferita a casa sua. Forse quest'ultima non era ancora pronta, ma lei non aveva un altro posto dove andare. Ironia della sorte, aveva fatto più di quanto avesse avuto in programma, dato che Mace l'aveva aiutata a completare buona parte del lavoro. Si sarebbe arrangiata.

Dopo aver messo i vestiti nelle valigie, non le restava altro da fare che prendere le sue cose dal bagno... che, sfortunatamente, si trovava proprio davanti alla forza di Mace.

Mentre percorreva furtivamente il corridoio, sentì ridacchiare e gemere, udì grida di passione.

Avrebbe voluto coprirsi le orecchie, ma non lo fece. Doveva conoscere la verità riguardo a quell'uomo infido e malefico. E non le veniva in mente un modo migliore che sentire l'uomo che amava mentre questi faceva sesso con un'altra donna.

Chiuse la porta del bagno prima di singhiozzare ad alta voce.

MACE UDÌ lo stridere delle gomme della decappottabile. Colby se n'era andata.

"D'accordo, adesso basta."

La bionda sollevò stupita lo sguardo da quello che stava facendo... cioè cercare di abbassargli la cerniera dei pantaloni. "Che succede, tesoro?"

"Niente. Ti ho pagata per fare finta. Non per farlo davvero." Mace si ritrasse e si alzò in piedi.

"A me non dispiace se vuoi giocare un po', tesoro." La donna allungò le unghie smaltate di rosso verso di lui. "Sei carino."

Mace indietreggiò dal letto e si rimise la camicia nei pantaloni. "A me dispiace."

L'ultima cosa di cui lui aveva bisogno era che quella donna gli mettesse le grinfie addosso, dato che probabilmente era una coltura batterica vivente. Ma era il meglio che Mace era riuscito a trovare in quel paese; non erano molti gli strip club fra cui scegliere.

"Eddai. Non puoi prendertela perché ci ho provato."

Mace frugò nella tasca posteriore dei pantaloni e tirò fuori il portafogli. Buttò sul letto un pezzo da cinquanta.

"Per cinquanta cocuzze puoi avere ben più della finzione." La bionda gli sorrise, si leccò le labbra e ammiccò in maniera esagerata.

Cristo santo. Lei non era il suo genere. Per niente. "No, grazie. Ti chiamo un taxi."

"Guastafeste." Mace chiuse gli occhi. Colby gli aveva dato del guastafeste, una volta. Sì, forse lo era. Ma non era dell'umore di "fare festa" con quella donna. Voleva Colby. La voleva così tanto che gli doleva il cuore. Il posto di lei era fra le sue braccia. E nel suo letto.

Ma ora, lei se n'era andata. Anche se era meglio così.

Sì, era meglio che se ne fosse andata. Mace doveva continuare a ripeterselo.

Cazzo.

Capitolo tredici

COLBY PASSEGGIÒ sulla veranda dipinta di fresco, godendosi la brezza serale. Guardò il cortile frontale. Il giardiniere aveva fatto un ottimo lavoro. L'erba cominciava a sembrare quella di un cortile vero. I cespugli erano stati spuntati e gli alberi sfrondati per permettere a più luce di raggiungere la casa. Presto, sarebbero spuntate piccole aiuole di fiori, dando un po' di colore al posto: attorno agli alberi, lungo il viale, vicino ai lampioni.

Colby sospirò. La casa sarebbe diventata bellissima. Peccato che lei non avesse nessuno con cui condividerla.

Sul lavoro, Martin aveva notato il suo cattivo umore e le aveva proposto un appuntamento al buio. Colby aveva rifiutato più volte, ma lui non voleva saperne di lasciar perdere. Sosteneva di conoscere l'uomo perfetto e che questi era persino etero. Colby aveva riso a quell'osservazione, facendo sorridere Martin. Finalmente, il suo amico era riuscito a infrangere la sua tristezza. Anche solo per un momento.

Alla fine, Colby aveva accettato di andare all'appuntamento al buio, dato che sarebbe stato inutile trascorrere tutte le sere a casa a intristirsi. Erano trascorse tre settimane da quando aveva lasciato la casa di Mace.

Tre settimane. Tre lunghe, miserevoli settimane. L'uomo le mancava.

Porca miseria, lei lo amava. Quell'idiota l'aveva fatta innamorare di lui. *Accidenti a lui.*

Probabilmente, si stava divertendo con tutte le svampite che riusciva a trovare. Lei non era stata altro che una distrazione per lui. Un giocattolo temporaneo. Comoda, dato che viveva in casa sua. Lei aveva cucinato, pulito, gli aveva persino fatto il bucato. Per non parlare dell'aiuto con la fisioterapia. Che stupida.

Stupida una volta, stupida per sempre. Quante volte aveva sentito dire che le donne maltrattate cercavano sempre un altro maltrattatore? Che lo volessero o meno.

Mace poteva non averla maltrattata, ma sicuramente l'aveva sfruttata.

E ora, Colby era lì ad aspettare il suo appuntamento al buio. Cosa le era preso? Avrebbe dovuto rinunciare completamente al sesso maschile.

Una berlina a quattro porte color argento si fermò lungo il dialetto. Ne uscì un uomo ben vestito, che le rivolse un piccolo cenno di saluto.

"Robert?" Mentre si avvicinava, Colby lo squadrò. I capelli castani dell'uomo non erano nemmeno lontanamente scuri come quelli di Mace. Era molto più basso e anche più tarchiato, ma aveva un bel sorriso.

"Ciao. Tu devi essere Colby." Le prese la mano e le sfiorò le nocche con le labbra. Un vero gentiluomo. "Sei più bella di come ti ha descritto Martin." Il calore si diffuse sulle guance di Colby. "Grazie."

"Sei pronta?"

Lei annuì, rivolgendogli un sorriso forzato. Quando

Robert le aprì la portiera, lei salì in auto, mormorando: "Per quanto possibile, sì."

MACE CAMMINAVA AVANTI e indietro davanti al ristorante, stringendo e rilassando i pugni a ritmo furioso. Si fermò ancora una volta per sbirciare dalla vetrina.

Cosa stava facendo Colby? *Cazzo!* Chi era quel tipo con lei?

E cosa diavolo ci faceva lui lì? Cristo, si stava comportando in modo stupido. Per non dire suicida.

Si allontanò dalla vetrina, sparendo nell'oscurità. Si appoggiò all'edificio di mattoni, le mani ancora strette dolorosamente mentre cercava di dare un senso alla situazione. Quando l'aveva spinta fuori dal suo letto, dalla sua casa... dalla sua *vita*, non si era aspettato che lei cadesse così presto fra le braccia di un altro.

Come poteva essere uscita con quel tizio? E sembrava pure che si stesse divertendo. Continuava a sorridergli, anche se l'uomo sembrava proprio un nerd. Magari un altro scienziato... Mace gemette.

Dovette trattenersi dal correre dentro al ristorante per trascinarla fuori. Avrebbe voluto buttarsela in spalla e portarla a casa. Da lui. Nel suo letto.

Trasse un respiro profondo, inclinando la testa verso l'alto per guardare il cielo notturno, parzialmente nascosto dal lampione. Non avrebbe dovuto essere lì. Doveva smetterla di seguirla. Non serviva a niente, se non a torturarlo. E quello che stava facendo era decisamente pericoloso per lei. Lo sapeva.

Stava pensando con il cuore e con l'uccello, non con la testa.

Dopo essersi spinto via dal muro, diede un'ultima occhiata nella vetrina. Fu allora che notò l'auto. Non era solo il suo culo quello riflesso nella vetrina, ma anche una lunga Lincoln nera con i finestrini oscurati.

Mace si irrigidì. Avrebbero potuto sparargli addosso in qualunque momento e lo avrebbero sorpreso con i pantaloni calati. Proprio come lui aveva seguito Colby, qualcuno aveva seguito lui. Gli uomini di Spinozi sapevano esattamente dov'era.

Sapevano che aveva seguito Colby.

Sapevano tutto, cazzo.

Le azioni di Mace avrebbero messo in pericolo Colby. Era tutta colpa sua.

Doveva andarsene da lì e condurre gli uomini lontano da Colby. Non poteva correre il rischio di avvertirla, perché poteva anche darsi che i criminali non si fossero resi conto che Mace aveva seguito proprio lei.

Mace poteva solo sperarlo.

Trattenendosi dal lanciare un'ultima occhiata al ristorante, Mace svanì nel vicolo.

ROBERT ACCOMPAGNÒ COLBY sotto la veranda e alla porta, dove lei si voltò. "Beh, grazie per la serata."

Robert le prese una mano. Le mani dell'uomo erano molto più morbide e più piccole di quelle di Mace. E non avevano un solo callo.

"È stata una serata meravigliosa. Spero che ti sia piaciuta. A me è piaciuta molto."

L'uomo le guardò la bocca e lei si rese conto con stupore che avrebbe potuto provare a baciarla. Allontanò delicatamente la mano e fece un passo indietro. "Buonanotte."

Robert parve sul punto di dire qualcosa, ma si trattenne. Invece, le sorrise e annuì con aria consapevole. "Sì, buonanotte, Colby. Se non ti dispiace, vorrei sentirti ancora."

Lei annuì leggermente e guardò l'uomo tornare all'auto. Non sbloccò la porta d'ingresso fino a quando questi non fu andato via. Sospirò rumorosamente.

Robert non era nulla rispetto a Mace. Lei aveva davvero cercato di farselo piacere.

Aveva riso alle sue battute, sorriso ai suoi complimenti. Tutto. Ci aveva provato. Ma non c'era niente. Nemmeno l'ombra di una scintilla. Dannazione a Mace per aver fatto sì che lei lo volesse.

E che volesse solo lui.

Aprì la porta e si allungò verso l'interruttore della luce.

"Colby," fu il sussurro che la raggiunse vicino all'orecchio. Lei ritrasse di scatto la mano e lanciò un gridolino stupito.

"Shhh. Sono io."

"Mace!" Gli occhi di Colby si abituarono lentamente all'oscurità, ma lei riuscì a stento a distinguere la sagoma dell'uomo nell'ingresso. "Cosa diavolo ci fai qui? Come hai fatto a entrare?"

"Non ho tempo per tutte queste domande. Ho bisogno di parlarti."

"Se sei qui per implorare perdono–" La veemente imprecazione di Mace la interruppe. *Mi sa di no.* "Perché non posso accendere la luce?" chiese infastidita. Aveva bisogno di luce per assicurarsi di colpire il bersaglio quando gli avrebbe dato un calcio in quelle palle traditrici.

"Perché non voglio che qualcuno veda che sono in casa."

"Chi dovrebbe vederlo?" chiese lei. Aveva già perso la pazienza per quel giochetto.

"Nessuno, spero. È proprio quello il punto."

"Si può sapere cosa sta succedendo?"

"Possiamo sederci da qualche parte?"

Dunque, l'uomo si era accorto che il salotto non era ancora ammobiliato. Colby non c'era ancora arrivata. "Sulle scale."

Lui le afferrò il braccio, conducendola attraverso l'oscurità fino al vano scale. "Siediti."

Colby si sedette. "Mace–"

"Colby, lasciami parlare. È molto importante. Sono venuto a metterti in guardia."

"In guardia da cosa?"

"Da un caso su cui stavo lavorando."

"Manni Spinozi." Il silenzio improvviso la raggelò. Avrebbe voluto poter vedere il viso di Mace.

L'uomo si sedette sul gradino accanto a lei. "Cosa sai di lui?" Il suo tono freddo la colpì profondamente.

"Non molto. Ho sentito dire che è un pezzo grosso della malavita. Uno dei dieci ricercati più importanti dell'FBI. Anche la ATF e la DEA vorrebbero mettergli le mani addosso."

"Dove l'hai sentito?"

"Al telegiornale. Lo hanno citato più volte. È lui quello che ti ha sparato?"

"No. Suo fratello." Mace imprecò di nuovo, violentemente. "Mi dispiace, Colby. Mi dispiace tanto."

"Perché?" Perché Colby non poteva accendere la luce? Non poterlo vedere in viso la faceva impazzire. La spaventava. Aveva la sensazione di essersi persa metà della storia.

"Per averti resa complice."

"Tua?" Era ora che lui si scusasse.

"Di questo casino."

"Come–"

"Anche solo starmi vicino potrebbe metterti in pericolo.

Se quella gente avesse idea di quello che provo per..." Mace lasciò la frase in sospeso. Esalò un sospiro lungo e tumultuoso.

"Per?" lo punzecchiò lei.

"Se siamo fortunati, loro non sanno di te. Spero di averti mandata via in tempo."

"Mandata via," ripeté Colby. Lentamente, la situazione si schiarì. "Mi hai fatta uscire per quella... *quella donna?* Vuoi dirmi che l'hai fatto per via di quel tizio?"

"Direi proprio di sì. Colby, tu non conosci *quel tizio.* Io sì. Mi ero infiltrato nella sua 'famiglia.' Ora lui lo sa e mi sta cercando. Posso prendermi cura di me stesso, ma sarà difficile proteggere te, a meno di non tenerti chiusa in casa."

Colby irrigidì la schiena. "Cosa? Spero che tu non–"

"No. Cazzo, certo che non lo farò. Spero di non aver fatto niente di così stupido da metterti in pericolo, questa sera."

"Per esempio?"

"Per esempio... *Merda.* Pedinarti quando sei andata all'appuntamento." Le parole gli uscirono rapidamente di bocca, cogliendo Colby alla sprovvista. "Ho cercato di restare lontano, ma non ci sono riuscito. Non volevo dirti nulla. Non volevo metterti in guardia. Porca miseria, voleva evitare che tu venissi coinvolta. È pericoloso, per me, stare qui. Ma dovevo avvertirti. Dovevo." Sembrava che Mace stesse cercando di convincere se stesso, più che lei. "Ho fatto una cosa stupida e tu devi saperlo."

"Mi hai seguita." Non era una domanda; più una affermazione incredula. Colby si alzò e si allontanò nel buio, muovendosi a tentoni.

"Colby, ho commesso un errore."

"Un errore. Sono io l'errore? È stato portare quella biondona a casa? O sei solo arrabbiato per essere stato costretto ad ammettere di avermi seguita?"

Al buio, Colby riusciva soltanto a vedere che Mace si teneva la testa fra le mani, ma non molto di più. Lui non rispose. Colby non sapeva nemmeno se volesse conoscere la risposta alle sue domande.

"Mace, sei stato disattento. Persino io... Come mi chiamerebbero i tuoi? Una *civile?*... può accorgersene. Non c'è da stupirsi che ti abbiano sparato. La gente incauta si fa del male." Anche lei avrebbe voluto fargli del male, come lui ne aveva fatto a lei. Le parole sprezzanti non la faceva sentire meglio. Anzi.

"Vado... vado a letto." Sfiorò Mace mentre le superava sulle scale buie. Arrivata in cima, si fermò. "Conosci la strada."

Capitolo quattordici

MACE RIMASE immobile mentre ascoltava il ticchettio dei tacchi di Colby che camminava lungo il corridoio. Non si stupì quando una porta sbatté.

Non era andata esattamente come previsto. D'altra parte, cosa le aveva fatto da quando si erano conosciuti?

Mace aveva combinato una cazzata dietro l'altra, quella sera, e non poteva permettersi altri errori. Colby aveva ragione. Lui era stato imprudente e quella stessa imprudenza aveva fatto sì che venisse ferito e gli era quasi costata la carriera. Doveva riprendersi. I suoi sentimenti per Colby lo stavano rendendo incauto, mettendo a rischio entrambi.

Il chiavistello della porta d'ingresso scivolò al suo posto; poi, Mace passò metodicamente in rassegna il pianterreno, assicurandosi che tutte le finestre fossero ben chiuse. L'indomani mattina, avrebbe chiamato una ditta per far installare un allarme.

Dopo aver sconfitto una dozzina di volte la tentazione a salire di corsa le scale e buttarsi tra le braccia della donna, qualche minuto dopo lui uscì dal retro, assicurandosi di chiudere a chiave.

Tornò a casa in auto, più deciso che mai a levarsi dalla vita di Colby.

L'unico modo a lui noto per allontanare gli uomini di Spinozi dalla donna, a parte ucciderli tutti – impossibile persino per lui – era lasciare la città. Quelli lo avrebbero seguito, da bravi tirapiedi. E non c'era dubbio che qualcuno lo stesse seguendo anche adesso. Mace capì che i criminali stavano aspettando il momento giusto per saltargli addosso.

Sapeva anche che non sarebbe stato un attentato rapido e indolore. Spinozi voleva che lui soffrisse.

Se fosse rimasto a casa sua, sarebbe stato un bersaglio facile. Che lo avessero seguito dimostrava che conoscevano il suo vero nome e dove viveva. Doveva sparire. Subito.

Tornato a casa, buttò alcune cose nella borsa. Doveva contattare il suo capo per ottenere un nuovo incarico.

Non sarebbe più stato Macen Jeffrey Walker, ma un'altra persona. Tizio Caio Sempronio, se necessario. Sarebbero passati anni prima che Mace Walker ricomparisse, se mai fosse ricomparso.

Naturalmente, avrebbe avvertito Maxi prima che lei tornasse a casa. Avrebbe messo in vendita la casa tramite un'agenzia. Vivere lì non sarebbe più stato sicuro, né per lui né per Maxi.

Il suo più grosso rimpianto era di non aver avuto la possibilità di vedere sua sorella o di parlare con lei. Avrebbe dovuto trovare un modo per contattarla. Quando e se fosse mai stato sicuro farlo. Ora che lei aveva assunto il cognome del marito, era possibile che Spinozi e la sua banda non si rendessero conto della loro parentela. E lui voleva tenere la situazione così com'era.

Il telefono di casa squillò, strappandolo ai suoi pensieri. *Cazzo!* Perché non li aveva spaccati tutti?

Quando, con riluttanza, si portò la cornetta all'orecchio, sentì immediatamente singhiozzare all'altro capo della linea. Non poteva essere Colby che ce l'aveva con lui. *Cristo.* Mace cominciò a sudare freddo e cadde in ginocchio sul pavimento, stringendo il telefono così forte che gli sbiancarono le nocche.

Una voce ostile ordinò: "Di' qualcosa, troia del cazzo!" I singhiozzi si fecero più forte. "Di' qualcosa, ho detto!"

Mace udì un forte schiaffo, seguito dal silenzio. Poi, finalmente, qualcuno mormorò delle imprecazioni in lontananza.

"Figlio di puttana," mormorò Mace. "Figlio di puttana! Prova a farle del male e–"

Una risata giunse all'improvviso dall'altro capo della linea, facendo irrigidire la schiena di Mace. "E? Vuoi chiamare la polizia, Rico? Voglio dire, Macen Walker. Non ti chiami Rico, vero?"

Mace non rispose. Non poteva. Non avrebbe mai rivelato i suoi segreti. Mai. Nemmeno se ciò avrebbe significato la morte. Ma Colby non aveva fatto quel giuramento. Non meritava di morire. "Dove siete?" chiese a denti stretti.

"Ah-ah. In una bella cucina gialla. Dipinta di fresco. È un peccato che questa casa prenderà presto fuoco, portandosi via la tua bella ragazza. È brava, Rico? A letto, intendo."

Mace sbatté il telefono. Prese la pistola e se la infilò dietro la schiena mentre correva fuori di casa.

Il furgone di Mace si fermò stridendo a quasi un isolato dalla casa. Era trascorsa meno di un'ora da quando se n'era andato da lì. Meno di un'ora! Sarebbe dovuto rimanere.

No, non avrebbe mai dovuto avvicinarsi.

Scese frettolosamente dalla cabina di guida e si mosse rapidamente lungo il marciapiedi, tenendosi vicino ai cespugli, con la pistola in mano. Proprio mentre raggiungeva l'angolo del dialetto di Colby e la siepe, si fermò e trasse un respiro profondo. *Rallenta e pensa.* Non poteva semplicemente fare irruzione; avrebbe fatto ammazzare entrambi.

Gli uomini di Spinozi lo volevano. Era quello il loro obiettivo. Colby era solo un'esca. Mace doveva entrare senza farla ammazzare. I criminali non ci avrebbe pensato due volte a ucciderla. Porca miseria, avrebbe potuto farlo anche solo per divertimento. Mace fece un passo indietro dai cespugli ed entrò nel vialetto buio, deciso a non farsi individuare fino all'ultimo istante.

Il lampo rosso di un'esplosione lo accecò e l'impatto lo gettò a terra. Atterrato violentemente sulla schiena, si ritrovò incapace di respirare, senza ossigeno nei polmoni. La pistola gli era volata via di mano ed era scivolata sul cemento.

Mace giacque immobile per un secondo, annaspando, cercando di prendere fiato. Alla fine, si spinse sulle ginocchia. Facendo leva sul terreno con entrambe le mani, dispiegò il corpo fino ad alzarsi. Ma alla vista della devastazione, faticò a rimanere in piedi.

La casa era sparita. Sparita, cazzo. Dalle rovine, le fiamme schizzavano verso l'alto. Della casa che Colby aveva amato tanto restavano solo frammenti di legno in fiamme.

La casa era svanita completamente. *Colby.*

Mace cadde in ginocchio, affondandosi le dita nei capelli e tirando, cercando di alleviare l'agonia artigliandosi l'interno della testa. Gridò senza voce fino a quando non esaurì l'aria e lasciò ricadere la testa fra le mani.

Il calore delle assi in fiamme gli ricordò cosa doveva fare. Chi era.

Maledetti. Maledetti tutti quanti. Dovevano morire. Fino all'ultimo di quei figli di puttane doveva morire.

Delle mani lo afferrarono da dietro: sulle braccia, attorno al collo. Mace cercò di liberarsi. Cercò la pistola. Ma era in inferiorità numerica e lottare non lo portò da nessuna parte. Poi, qualcuno lo colpì alla nuca con un calcio.

Il mondo divenne nero.

———

GEMITI. Sempre più forti. Mace scosse la testa per schiarirsela, ma ciò non gli provocò altro che una fitta di dolore.

Cercò di aprire gli occhi gonfi. Attraverso le fessure, riuscì a malapena a distinguere la sedia di metallo a cui lo avevano legato. Un liquido caldo gli scorreva sulla fronte, gocciolandogli nell'occhio. La lingua sembrava il doppio delle dimensioni normali e la bocca gli pareva piena di cotone.

Cotone insanguinato.

Fece un rapido controllo mentale: il dolore intenso al fianco lo spinse a chiedersi se gli avessero spezzato le costole. Il bruciore alla nuca e i capelli irrigiditi significavano molto probabilmente che aveva un brutto taglio. Il suo volto gocciolava sangue, in parte già secco, e non riusciva nemmeno a sentire un lato della faccia. Forse era meglio così. Cercò di leccarsi le labbra secche e screpolate, ma era impossibile. Aveva la lingua tagliata, probabilmente dai suoi stessi denti.

Osservò la zona il meglio possibile con il suo campo visivo limitato. Chiunque lo avesse catturato era seduto alle sue spalle, che parlava sottovoce. Mace cercò di decifrare la conversazione attraverso il fischio all'orecchio destro. Voltò leggermente la testa, non abbastanza per attirare l'attenzione, in modo che il suo orecchio buono potesse cogliere la conversazione.

"Arriverà presto. Vuole che lo aspettiamo. Vuole guardare l'uomo che ha ucciso suo fratello mentre muore."

"Sarà meglio che ci paghi."

"Lo farà. È un tipo affidabile."

Di nuovo quel forte gemito. Mace voltò leggermente la testa nella direzione del suolo e maledisse la sua vista quando essa gli si sfocò per un momento.

Cazzo.

Colby. Era viva.

L'ossigeno lo abbandonò, ma il sollievo ebbe vita breve. Erano in una pessima situazione. Dalla quale lui dubitava di poterli tirare fuori. Erano fottuti. Decisamente fottuti, conoscendo gli uomini di Spinozi.

Colby era seduta legata a un'altra sedia di metallo, di fronte a Mace, ma ad angolo. Del nastro adesivo le sigillava la bocca. Il suo viso, distorto dal gonfiore da un lato, stava già diventando viola. Le penzolava la testa, come se sollevarla fosse uno sforzo eccessivo. Oppure, magari, era priva di conoscenza. Mace poteva solo sperare.

"Colby!" gridò prima di riuscire a trattenersi. Doveva sapere se stava... bene. Era un pensiero stupido, ma era così.

La donna sollevò leggermente la testa e, quando lo notò, i suoi occhi incavati si spalancarono prima dallo stupore e poi per il sollievo.

Mace udì un rapido movimento di piedi prima che una voce profonda alle sue spalle dicesse: "Zitto!"

Mace riuscì a rispondere "Vaffanculo" prima che tutto diventasse di nuovo nero perché qualcosa di duro gli fu bruscamente introdotto nella nuca.

IL MONDO SI SCHIARÌ, più o meno, quando una mano lo schiaffeggiò in viso. Ripetutamente.

"Svegliati! Svegliati, schifoso pezzo di merda!"

Il pulsare alla testa picchiò ancora più forte quando Mace aprì gli occhi e le luci lo accecarono temporaneamente.

"Cristo," gemette.

"Nessuno ti ha chiesto di parlare. Almeno, non quando non sei interrogato." Di fronte a lui, in piedi, stava il grand'uomo in persona. La situazione non avrebbe potuto essere peggiore. "Per chi lavori?" chiese Spinozi.

"Nessuno."

"Fedele fino alla fine, eh? Vedremo." Spinozi annuì ai tirapiedi alle spalle di Mace. "Tagliategli la gamba sinistra dei pantaloni. Voglio vedere che danni ha fatto mio fratello prima che questo stronzo lo ammazzasse."

Uno dei rapitori di Mace gli tagliò il pantalone con il coltello, scoprendo la coscia martoriata.

"Mi stupisce che tu riesca ancora a usarla, *Macen Walker*. Potrebbe essere necessario fare qualcosa al riguardo. Ti fa male?"

Mace non disse nulla; invece, lanciò un'occhiata a Colby. Ora pienamente cosciente, la donna osservava la scena con gli occhi spalancati. Aveva un'aria molto, molto spaventata. Mace non poteva biasimarla. Lui stesso non si sentiva troppo coraggioso.

Sarebbe morto e lo sapeva. Non importava quello che aveva detto, sarebbe morto comunque. L'unica cosa a cambiare sarebbe stato il tempo che ci avrebbe messo a morire. Aveva la sensazione che quella gente avrebbe fatto con calma.

Spinozi appoggiò il tacco della scarpa sulla coscia nuda di Mace e lo mosse avanti e indietro, come per spegnere una sigaretta. Lui strinse i denti, il che rinnovò il dolore alla mascella gonfia. Non avrebbe reagito. No.

Non. Avrebbe. Mai... dato... soddisfazione... a quel bastardo.

Mace faticò a mantenere il contatto visivo con Colby. Nonostante la distanza, era impossibile confondere le lacrime che le gocciolavano dagli angoli degli occhi. La donna cercò di dire qualcosa, ma il nastro le attutiva voce. Strattonò i legacci, ma era inutile. Anche se fosse riuscita a liberarsi, cosa avrebbe potuto fare?

Non soddisfatto dalla reazione di Mace, Spinozi imprecò e si fermò. Si voltò a guardare Colby. Mentre la sua paura peggiore si realizzava, Mace capì che Spinozi l'avrebbe usata contro di lui. Quel grasso bastardo l'avrebbe usata per farlo cedere. Mace avrebbe preferito farsi torturare per sempre piuttosto che qualcuno toccasse lei anche solo una volta.

"Immagino che fosse più carina prima che i miei uomini le mettessero le mani addosso, mmm? È un peccato rovinare un bel faccino come quello," disse Spinozi, la bocca leggermente sollevata. Raggiunse Colby, ma si assicurò di non bloccare la visuale di Mace. Spinozi le passò un dito lungo la guancia, mescolando le lacrime fresche con il sangue secco già presente. "Guarda, Walker, piange per te." L'uomo rise, facendo sì che Colby strattonasse i legacci. "Ha un bel corpicino, vero? Ti dispiacerebbe condividerla con i miei uomini?"

Mace si irrigidì e ringhiò: "Prova anche solo a toccarla e–"

Mace e i suoi uomini risero. La risata riecheggiò nel grande magazzino vuoto, tornando da lui e sottolineando quello che Mace già sapeva. Aveva fatto una cazzata. Avrebbe dovuto tenere la bocca chiusa. Quello che aveva detto era una stupidaggine. Non poteva mantenere nessuna minaccia. Non poteva fare assolutamente nulla, se non guardare qualunque cosa avrebbero fatto a Colby. In quel momento, avrebbe voluto che la donna fosse morta. Meglio morta che torturata.

Spinozi afferrò la camicetta di Colby e la lacerò; i bottoni volarono da tutte le parti. La risata attorno a lui si spense in fretta. I suoi uomini sapevano cosa sarebbe successo. Il capomafia si fece passare un coltello. Dopo averlo preso, tagliò il reggiseno di Colby, scoprendole i seni. Una sottile linea di sangue comparve nel punto in cui il coltello le aveva intaccato lo sterno. Per caso? Spinozi non faceva mai niente per caso.

Colby chiuse gli occhi. La sua umiliazione soffocò Mace, frustrandolo ancora di più.

"Come sarebbe vedere la tua amata scopata da sei uomini di fronte a te?" Spinozi aveva un sorriso malefico. "Potrebbe anche piacervi. A tutti e due. È dolce, Walker? Hai assaggiato il suo miele?"

Il boss del crimine si mise alle spalle di Colby e le appoggiò una mano sulla spalla. Nell'altra mano comparve una pistola, che lui le premette alla tempia. "Magari preferiresti vedere le sue cervella spiaccicate addosso." Spinozi si chinò e le bisbigliò qualcosa nell'orecchio. Il nastro adesivo che copriva la bocca del Colby si gonfiò per poi venire risucchiato mentre il suo respiro diventava più veloce, disperato.

Mace strattonò le corde che gli legavano le mani fino a quando non sentì il sangue che gocciolava lungo le dita. Inutile. "Maledetto! Se proprio vuoi ucciderla, fallo. Lei non sa niente; non c'entra niente! Non torturarla per niente!"

Spinozi sollevò un sopracciglio scuro. "Stai implorando per la sua vita?"

"È me che vuoi. Se devi torturare qualcuno, tortura me."

"Non c'è nessun *se*."

"Allora tortura me, testa di cazzo, non lei!"

Il tentativo di Mace di provocare Spinozi parve funzionare. L'uomo si allontanò da Colby per avvicinarsi a lui, premendogli la pistola contro le labbra. "Chiudi quella cazzo di bocca o te la faccio saltare!"

"Fallo," lo invitò Mace, con le labbra serrate.

"Non te la caverai così facilmente, Walker. Proprio no. Non ho fretta e tu e la tua ragazza non avete un posto dove andare."

Colby serrò le palpebre. A momenti, si sarebbe svegliata e avrebbe scoperto che era tutto un brutto incubo. Aveva visto scene come quelle nei film. Non succedevano nella vita vera.

Non potevano succedere.

Ma stava succedendo.

Colby aprì gli occhi quando udì un rumore di cui non voleva nemmeno provare a indovinare la natura. La bile minacciava di traboccarle dalla gola.

La mezza dozzina di uomini alle spalle di Mace continuava a fissarle i seni nudi. I sorrisi perversi e nauseabondi sui loro volti non cambiarono quando tornarono a guardare la sofferenza di Mace. Colby non capiva cosa li eccitasse di più. Ma avere il petto scoperto era l'ultimo dei suoi problemi.

Mace era nei guai fino al collo. Sarebbero morti tutti e due. Ma non senza prima soffrire. Lei ne era sicura. Come diavolo avrebbe potuto aiutare lui o se stessa? Anche se fosse riuscita a liberarsi, non aveva idea di dove fossero. Un garage o un magazzino, magari. Potevano essere in un altro Stato o persino in un altro Paese. Colby non sapeva quanto tempo fosse rimasta priva di conoscenza prima di svegliarsi legata a quella maledetta sedia di metallo.

Guardò la violenza contro Mace proseguire attraverso un velo. Non sapeva quanto a lungo fosse durata. Un'ora? Due? Per quanto ne sapeva lei, potevano essere passati anche solo venti minuti.

Perse il senso del tempo. Serrate le palpebre contro l'orrore, si dondolò lentamente avanti e indietro, per quanto le permettessero di fare i legacci.

Troppe domande non ebbero risposta. Le uniche risposte che Spinozi ottenne furono i leggeri suoni di sofferenza che occasionalmente sfuggirono alle labbra di Mace. Lo picchiarono, lo accoltellarono, lo tagliuzzarono e lo ustionarono. Ripetutamente. *Nessun uomo potrebbe sopportare una cosa del genere,* pensò sconvolta lei. Mace si rifiutava di rispondere alle domande che gli urlavano, oppure non era in grado di farlo.

Colby sapeva che, anche se lui avesse risposto, loro non avrebbero avuto pietà. Non era stupida.

"Adesso arriva il bello," annunciò Spinozi con un gesto teatrale. "Slegategli la mano destra. Lasciate l'altra libera."

Colby udì rumori di lotta, poi un gemito quando una delle mani di Mace fu libera. "Prendila," ordinò Spinozi. "Prendila!"

Colby non voleva guardare, ma non riuscì a trattenersi. Mace, il viso gonfio quasi fino a renderlo irriconoscibile, si protese lentamente a estrarre la pistola.

Spara a quel bastardo, Mace! Sparagli!

"Puntala verso di lei."

"Vaffanculo." Le parole non erano altro che un sussurro colmo di sofferenza. La voce dell'uomo era irriconoscibile. Non restava molto della persona che lei conosceva. E amava.

Spinozi gli avvicinò un coltello all'orecchio e fece scorrere il sangue. "Puntala verso di lei. È più facile ucciderla che guardarmi fare a fettine il suo bel corpo mentre è cosciente. Vero, *Rico?*"

Mace sollevò la pistola con la mano che tremava. Anche i sei uomini dietro di lui avevano estratto le pistole. La metà era puntata contro di lei, l'altra contro Mace. Erano condannati comunque.

"Sparale. Sparale ora!"

Invece, Mace si puntò la pistola alla tempia. Non lo avrebbe fatto davvero. Doveva essere un trucco.

"Imbecille," ringhiò Spinozi. Girò attorno a Mace. "Vuoi lasciarla da sola con noi? Tira quel maledetto grilletto, codardo. Fallo!"

Colby guardò il dito dell'uomo stringere la presa sulla pistola e l'indice scivolare di fronte al grilletto. Non l'avrebbe abbandonata così. No.

Mace incrociò il suo sguardo. Ma lei non vide altro che un'ombra vuota di ciò che l'uomo era un tempo. Colby avrebbe voluto gridare, ma quel maledetto nastro le teneva la bocca chiusa. Avrebbe voluto dirgli di fermarsi. Implorarlo di non tirare il grilletto.

"Ti amo," mimò con labbra Mace.

Colby serrò le palpebre. Che bel momento per dirglielo: quando stavano per morire. Trattenne la risata isterica che le risalì gorgogliando la gola. Non poteva guardare. Non poteva. Dio, lo amava. Lo amava.

Lo amava.

Ma lui stava per morire.

La pistola sparò e Colby sobbalzò, le orecchie che rimbombavano dolorosamente. Era finita. Ora toccava a lei.

Il fischio nelle orecchie non voleva saperne di sparire. E lei non riusciva ad aprire gli occhi, che bruciavano di lacrime, fumo e odio. Non voleva vedere la pistola puntata contro di lei. Non sentiva nulla, ma dopo qualche istante, sentì il calore corporeo di una persona vicina. Il nastro le fu strappato via dalla bocca. Il dolore bruciante non era nulla rispetto alla sofferenza nel suo cuore.

Colby aprì gli occhi e vide degli uomini che sciamavano

attorno a lei. Indossavano giacche a vento blu scuro e berretti con le scritte ATF ed FBI in grandi lettere gialle.

Era tardi. Troppo tardi!

Qualcuno le tagliò le corde. L'improvviso ritorno della circolazione a mani e piedi le provocò una sensazione di bruciore. Era un dolore formicolante, sgradevolissimo. Ma il dolore della consapevolezza che Mace era morto era peggiore.

Colby doveva ancora avere le orecchie tappate dallo sparo, perché l'uomo dai capelli scuri di fronte dovette ripetersi un paio di volte prima che lei riuscisse a capire quello che stava dicendo. "Signora. Prenda questa."

Colby cercò di protendersi verso la giacca che le stavano offrendo, ma le sue braccia si rifiutavano di muoversi. "Non riesco." La sua voce martoriata aveva un suono roco e lei cercò di schiarirsi la gola.

L'agente la aiutò a infilare le braccia nelle maniche e chiuse la giacca, coprendo la nudità di Colby. Lei avrebbe voluto alzarsi, ma le gambe le tremavano così forte che dovette provare due volte prima che l'uomo la sollevasse. Sebbene fosse grata per il suo aiuto, non riusciva a ringraziarlo, perché sapeva che se avesse aperto di nuovo la bocca avrebbe urlato in maniera incontrollabile e avrebbero dovuto sedarla. O metterle una camicia di forza.

Finalmente, Colby udì il suono delle sirene che proveniva dall'esterno dell'edificio. Non l'aveva notato prima, per via della sordità temporanea. Ma quelle strida acute avevano un suono piacevole per lei, ora.

Si guardò attorno e vide gli agenti che trascinavano gli uomini di Spinozi fuori dalla porta, ammanettati come gli animali che erano. Avrebbe voluto avere la sua Glock per sparare in mezzo agli occhi a ciascuno di loro. Adocchiò la pistola nella fondina dell'agente. Era a portata di mano.

L'uomo doveva aver notato il suo sguardo, perché allontanò il fianco da lei e disse: "È arrivata l'ambulanza. Pensa di riuscire a camminare? La aiuto io."

Dopo averle preso il braccio, la sostenne mentre lei usciva dalla porta, badando a tenere Colby sul fianco sinistro, lontano dall'arma.

"C'è una sola ambulanza, signora. Dovrà prendere un passaggio." L'uomo le sorrise gentilmente mentre la consegnava ai soccorritori, che la aiutarono a salire sul retro dell'ambulanza."

"Si sieda qui," disse un soccorritore, indicando un posto vicino alla barella.

Colby si sedette frastornata e si voltò per vedere chi era l'altro passeggero. Se fosse stato Spinozi, lo avrebbe ucciso subito, prima che potessero raggiungere l'ospedale. Non aveva nemmeno bisogno della pistola dell'agente: lo avrebbe ucciso a mani nude. "Mio Dio..." sussurrò. Si rivolse al soccorritore accanto a lei. "È vivo?"

"Sì. Continua a perdere e riprendere conoscenza. Guardi."

Colby si sporse in avanti. Mace. Non si era sparato. Quelle detonazioni assordanti dovevano essere giunte tutte dalle armi degli agenti.

Mace era vivo. Ma... "Sta bene?"

"È in condizioni critiche."

Mace portò lentamente una mano al viso di Colby. Non riuscì ad arrivarci, per cui lei si chinò, piangendo incredula quando lui le toccò la pelle. L'uomo aveva il labbro inferiore spaccato e il sangue gli gocciolava dalla bocca, ma cercò di parlare.

Colby si chinò ancora di più, fino ad avere l'orecchio vicinissimo. "Come?"

"Mi vuoi sposare?"

Colby aveva le allucinazioni uditive. Perché le aveva

chiesto una cosa del genere? Lì, in quel momento? Mentre lottava fra la vita la morte?

Il soccorritore la tirò indietro. "Signora, per favore. Sieda dritta e ci lasci spazio per lavorare."

Colby si sedette dritta. E pianse.

Epilogo

"Perché non me lo lasciano vedere?" gridò Colby, rivolta a nessuno in particolare mentre percorreva il corridoio dell'ospedale. Non solo era frustrata e arrabbiata, ma anche furiosa. Aveva aspettato per sei ore – il tempo necessario ai medici per ripulirla, ricucirla e dimetterla ufficialmente – e ora quelli si rifiutavano di lasciarle vedere Mace.

"Probabilmente perché non è parente."

Colby si voltò di scatto verso la voce. "Lei chi è?"

L'uomo era basso, calvo e tracagnotto, ma indossava un completo blu scuro ben confezionato e degli occhiali scuri. Chi portava gli occhiali da sole al chiuso?

"Non posso dirglielo. Mi consideri un cittadino preoccupato."

Un cittadino preoccupato. Come no. Colby sapeva benissimo che quello era il capo di Mace. Era stufa di tutte quelle stronzate supersegrete che li avevano fatte finire entrambi in ospedale. "Perché non mi lasciano entrare? Sono la sua fidanzata!" Forse, quell'uomo godeva di influenza sufficiente per darle accesso alla stanza di Mace.

L'uomo inarcò un sopracciglio. "Oh?"

Poi, Colby avrebbe potuto giurare di avergli sentito dire "Quel figlio di puttana me l'ha fatta, finalmente." Prima che lei potesse chiedergli delucidazioni, l'uomo proseguì a voce più alta: "Beh, congratulazioni, signora Parks. Come dono di nozze, mi piacerebbe consegnarle il benservito di Mace."

L'uomo le porse una grossa busta. Sebbene all'esterno non ci fossero scritte, in un angolo era impresso un sigillo federale. Colby distolse lo sguardo dalla busta dall'aspetto ufficiale per guardare il proprio riflesso negli occhiali dell'uomo. "Il benservito?"

"Sì, l'agente Walker è ufficialmente in congedo a partire da mezzanotte."

Colby si lasciò cadere su una sedia, fissando il pacchetto. Se lo rigirò un paio di volte fra le mani prima di dire: "In congedo? Onorevole, immagino."

L'uomo rise. "Non c'è onore nel suo settore, signora Parks. Sia grata che siamo arrivati in tempo per salvargli la vita."

Colby stuzzicò il bordo sigillato della busta. Sollevò lo sguardo. "Posso?" L'uomo inclinò leggermente la testa, quanto bastava perché lei lacerasse la busta. Mentre sfilava i documenti, chiese: "Come facevate a sapere dove eravamo?"

Cominciò a consultare la lettera prima di rendersi conto che l'uomo non le aveva risposto. Colby sollevò lo sguardo. L'uomo era sparito. Se non fosse stato per i documenti che aveva fra le mani, avrebbe pensato di esserselo immaginato.

Finì di passare in rassegna la lettera prima di sfogliare il resto del pacchetto, che includeva i dettagli della pensione di Mace, i suoi benefit e un sacco di espressioni legali.

Un'infermiera la avvicinò silenziosamente. "Signora Parks, può vederlo."

"Come? Pensavo–"

"Il signor Smith ci ha spiegato la situazione e ci siamo resi conto di aver commesso un errore."

Colby ringraziò silenziosamente il *signor Smith* mentre oltrepassava di corsa l'infermiera e correva lungo il corridoio. Non riuscì ad aprire la porta abbastanza in fretta per entrare nella stanza di Mace.

L'uomo aveva la testa sostenuta da un cuscino e il busto in posizione eretta per via del lettino d'ospedale. Brutti punti di sutura neri gli attraversavano incrociandosi il viso, un orecchio, il braccio... Colby smise di cercare. Le zone suturate erano troppe per contarle. L'uomo le ricordava la creatura di Frankenstein, anche se non era altrettanto spaventoso. Aveva gli occhi chiusi e respirava regolarmente. Una flebo gli sporgeva dal braccio sinistro e il suo corpo era agganciato a una strana macchina che emetteva un suono circa una volta al secondo.

Colby trascinò una delle squadrate sedie da ospedale accanto al letto e si appollaiò sul bordo. Quando si allungò a prendergli la mano destra, quella libera dai tubi, lui le andò incontro a metà strada. Le dita calde e lunghe dell'uomo avvolsero le sue. Lo sguardo di Colby corse di nuovo al suo volto e lui la guardò attraverso occhi gonfi, tumefatti e indecifrabili. Le strinse delicatamente le dita.

Senza lasciar andare la sua ancora, lei gli posò delicatamente il pacchetto di carte sul petto. Lui sollevò un poco la testa dal cuscino e chiese: "Cosa sono?" con le labbra gonfie e spaccate.

"La tua missione è finita. Sei in congedo."

Quando l'uomo non rispose, lei non capì se ciò fosse un bene o un male. Mace non poteva continuare a farsi sparare e percuotere. Quanto poteva sopportare un corpo? Dopo quella sera, lei non ce la faceva più. Non voleva costringerlo a scegliere fra lei e la carriera. Non gli avrebbe mai fatto una cosa del genere. Ma non poteva semplicemente restare in disparte e preoccuparsi per lui. O peggio ancora, perderlo per sempre.

"Ottimo. Ora posso concentrarmi su altre cose."

Colby esalò il fiato, senza nemmeno rendersi conto di averlo trattenuto mentre attendeva la risposta di Mace. Lui aveva già rinunciato al lavoro. "Quali altre cose?"

"Costruirti una casa nuova. In un posto lontano da qui. Al sicuro." Mace parlava lentamente e a fatica, ma lei capì ogni singola parola. L'uomo le strinse più forte la mano. "Mi dispiace che la tua casa sia stata distrutta, Colby."

"Lo so." Lei sorrise dolcemente. "Una casa si può sostituire. Tu, no."

Mace la strattonò leggermente e lei si spostò sul bordo del lettino, badando a non smuoverlo troppo. "So quanto era importante per te. Che era il tuo rifugio."

"L'unica cosa di cui ho bisogno adesso sei tu." Colby gli passò delicatamente un dito sul volto livido e segnato. Gli appoggiò la testa sul petto, sentendola che si alzava e si abbassava lentamente al ritmo costante del respiro dell'uomo. "Ti amo, Mace."

Il movimento del petto dell'uomo esitò sotto la guancia di Colby; un attimo dopo, accelerò e proseguì a un ritmo rilassante. Lui le scostò i capelli dal viso con la mano libera. "Quando potrò andarmene da qui? Sono stufo degli ospedali."

"Presto," rispose lei, anche se in verità non lo sapeva. Una lunga convalescenza attendeva Mace prima che questi potesse costruire la loro casa. *La loro casa.*

"Dove vuoi andare?" chiese lui.

"Andare?"

"Sì, dove vuoi costruire la nostra nuova casa e la nostra nuova vita?" chiarì l'uomo.

"Ovunque, Mace. Ovunque tu vada, io ti seguirò."

L'uomo ridacchiò sommessamente, per poi gemere dal dolore. "No, credo che tu abbia capito le cose al contrario. Sarò io a seguire te. Fino alla fine del mondo, se necessario."

Colby sospirò quando lui strinse le dita attorno alle sue. Se le portò alla bocca e gli premette delicatamente le labbra.

Colby appoggiò la guancia a quella dell'uomo, stando attenta a non fargli male. Aveva bisogno di lui, aveva bisogno di sentirlo addosso. Lo amava e non lo avrebbe mai lasciato andare.

"Non hai risposto alla mia domanda," le mormorò nell'orecchio Mace. La domanda. Quale domanda?

Oh.

"Sì." Colby rise fra le lacrime. "Sì, sì, sì!"

Per rimanere aggiornati sul lavoro di Jeanne, iscrivetevi alla sua newsletter qui: (in inglese): http://www.jeannestjames.com/ newslettersignup

---

Girare la pagina per leggere il primo capitolo del prossimo libro della serie Fratelli in divisa: Fratelli in divisa: Max

Fratelli in divisa: Max

Incontra i ragazzi di Manning Grove: tre fratelli che fanno i poliziotti di una piccola città americana e incontrano le donne che cambieranno per sempre le loro vite. Questa è la storia di Max...

Amanda Barber è una ragazza di città, viziata e amante delle feste. Improvvisamente, la vita la mette a dura prova: dovrà adattarsi alla realtà della provincia, occuparsi del fratello diversamente abile e scontrarsi di continuo con un irritante sbirro del posto.

Come poliziotto e con un passato nei Marines, Max Bryson è un uomo a cui piace avere il controllo della situazione. Non ha mai avuto una relazione seria, né pianifica di averne una nel futuro prossimo. Vuole dipendere solo da se stesso. Se anche cambiasse idea, di certo non si sceglierebbe una ragazza immatura e irresponsabile come Amanda. Eppure, per quanto ci metta tutta la sua buona volontà, Max non riesce a togliersi la sensuale Amanda dalla testa... né dal cuore. Vederla diventare una donna matura sotto ai propri

occhi non fa altro che aumentare l'istinto di protezione
di Max.

Prepotente e *possessivo*: ecco alcune delle parole con cui
Amanda descrive questo antipatico sbirro. D'altronde, non
può negare che anche solo guardare Max le provochi brividi
di piacere. Però Amanda non vuole ritrovarsi ancora con
qualcuno che cerca continuamente di controllarla e Max
sembra proprio il tipo di uomo che lo farebbe... O forse no?

**Girare la pagina per leggere il primo capitolo del
prossimo libro della serie Fratelli in divisa:
Fratelli in divisa: Max**

Fratelli in divisa: Max

libro 1

CAPITOLO UNO

La piccola auto rossa che Amanda Barber aveva noleggiato rimase ferma nel parcheggio per tre quarti d'ora. Lei era immobile al posto di guida, come pietrificata. Fissava attraverso il parabrezza l'edificio con le pareti di mattoni a vista che aveva davanti agli occhi. Il motore dell'auto era spento, le chiavi ancora inserite nel blocchetto d'accensione; non le ci sarebbe voluto molto per girarle, mettere in moto e sparire nella stessa strada dalla quale era venuta.

Lesse ancora l'insegna sulla facciata dell'edificio, come se quel nome fosse una formula magica che servisse a rimandare l'inevitabile. Casa Howell – Centro diurno di assistenza per adulti.

Si stava facendo buio e lei non poteva più rimanere lì seduta. Aveva promesso all'avvocato della madre che si sarebbe trattenuta in città per un paio di settimane. Solo un paio di settimane. Quattordici giorni. Mezzo mese.

Doveva smettere di essere fifona.

Ok, basta tentennamenti. Afferrò le chiavi e le gettò nella borsetta. Era ora di farla finita. Scese dall'auto, decisa a entrare nell'edificio prima di cambiare ancora idea.

La porta si richiuse alle sue spalle con un *clang* che le parve assordante e Amanda si guardò intorno. C'erano alcuni anziani seduti che cucivano, leggevano e parlavano in piccoli gruppi. Una televisione ronzava in sottofondo. Un signore elegante, molto avanti con gli anni, sedeva su una carrozzina al cospetto di una grande vetrata, la testa ciondolante per via del dormiveglia.

Una donna che dimostrava qualche anno più di lei alzò lo sguardo e la notò. La donna, che stava assistendo un ragazzo seduto a un tavolo da gioco, raddrizzò la schiena e guardò Amanda perplessa. Lei non capiva perché il ragazzo avesse bisogno d'aiuto; sembrava intento a disegnare. La donna si chinò per dirgli qualcosa all'orecchio, poi si mosse verso Amanda.

"Posso aiutarla?"

"Immagino di sì."

Amanda non disse altro, al che la donna assunse un'espressione stupita.

La spronò. "Ha bisogno di informazioni? Vuole fare un giro della struttura?"

"No."

Sempre più confusa, la donna strizzò gli occhi e inclinò la testa come per farle una domanda che però tardò a formulare; quando dopo poco aprì la bocca, Amanda la interruppe. "Sono qui per vedere Gregory Barber."

Pronunciò quel nome abbastanza forte da richiamare l'attenzione del ragazzo seduto al tavolo da gioco, che alzò la testa, la girò verso di loro e rise sonoramente, poi con il polso piegato si spostò la ciocca di capelli che gli era finita sugli occhi.

Le labbra della donna si aprirono in una O. "Tu devi essere Amanda."

Amanda aggrottò la fronte. La donna sapeva di lei, naturalmente; anzi, probabilmente la aspettava già da tempo. Amanda era pronta a scommettere che tutta la cittadina di Manning Grove la stava aspettando.

"Sì, sono venuta a prendere Greg."

Amanda si morse un labbro quando vide il ragazzo alzarsi dal tavolo con un sorriso sghembo stampato sul volto. L'istante dopo, lui le stava correndo incontro, agitando in aria le mani. Istintivamente, Amanda fece un passo indietro. In effetti, avrebbe voluto girarsi e darsela a gambe, ma il ragazzo la strinse in un abbraccio che le tolse il respiro.

La donna gli afferrò le braccia, cercando di separarlo da Amanda. "Greg! Greg! Lasciala andare!"

Greg la scuoteva avanti e indietro, premendole la testa sul petto e stringendo sempre più forte. Lei emise un gemito di dolore.

"Donna... questa è Mandy? È Mandy?" Il vocione del ragazzo le vibrava contro la cassa toracica.

"Greg, di questo passo la stritolerai!"

Allora Greg la lasciò andare e si fece indietro, non senza una certa riluttanza. Il sorriso storto si ingrandì e qualche gocciola di saliva gli schizzò fuori dalla bocca mentre esclamava: "Mia sorella Mandy!"

"Sì, Greg, tua sorella è venuta a prenderti." Donna si rivolse ad Amanda. "Come avrai capito, io sono Donna. Gestisco la struttura." Guardò Amanda con preoccupazione. "Mi sembri pallida... Vuoi sederti?"

Amanda scosse la testa. "No." Fece un profondo respiro e si passò una mano sulle costole, per accertarsi di non avere lesioni. Si sistemò la gonna e il maglione che le si era spiegazzato sotto la giacca. "No, sto bene."

"Porterai Greg a casa di sua madre?"

"Sì."

"Hai mai avuto a che fare con una persona con disabilità?"

Amanda lanciò un'occhiata a Greg, che la ricambiò aggiungendo un enorme sorriso. "No." Greg non riusciva a stare fermo: gesticolava di continuo e confabulava tra sé e sé.

Donna aggrottò la fronte. "Oh, cielo!"

Ad Amanda non piacque quell'esclamazione. *Oh, cielo. Che voleva dire? Sapeva di essere nei pasticci... ma "Oh, cielo"?*

Cacchio.

"Uh... Greg è pronto per andare?"

Donna lo guardò. "Sì. Come vedi, è molto felice di conoscere sua sorella." Spostò nuovamente lo sguardo su Amanda e inarcò un sopracciglio. "È la prima volta, vero?"

Amanda annuì. Non sapeva se quella che provava fosse vergogna o piuttosto paura. Probabilmente era paura, su cui stava calando una coltre di vergogna. Senza dubbio, Donna conosceva la risposta ancor prima di aver formulato la domanda. Amanda era certa che tutta la città conoscesse la risposta.

Doppio cacchio.

Donna la prese a braccetto e la guardò con occhi colmi di pietà. "Senti. Ti darò il mio biglietto da visita. Per qualsiasi dubbio o problema, chiamami. Greg è bravo, è ubbidiente e facile da accontentare."

Amanda lo guardò. Donna ne parlava come se fosse un bambino, ma Greg non era un bambino. Il suo fratellastro aveva ventidue anni. Ventidue.

Era abbastanza grande per bere alcolici, votare o arruolarsi nell'esercito.

Era un adulto, solo che si comportava come un bambino.

"Grazie. Potrci prenderti in parola."

Per la prima volta da quando Amanda era entrata, Donna sorrise. "Certo che lo farai. Ecco una brochure della nostra struttura e il mio biglietto da visita. Greg viene qui tre volte a settimana. Un autobus lo passa a prendere poco prima delle otto di mattina il lunedì, il mercoledì e il venerdì, sempre che non siano giorni festivi. Un autobus lo riporta a casa poco dopo le sei di sera."

Ad Amanda girava la testa. "Ok."

Greg sei pronto per andare con tua sorella?

"Sì, sì, sì! Prontissimo." Greg era talmente su di giri che saltò su un piede, poi sull'altro. "Ora noi si va!" Corse verso Amanda e le porse la mano contratta.

Amanda gliela strinse. L'enorme sorriso di Greg era irresistibile e lei lo ricambiò con uno più debole. "Pronto, Bud?"

"Chi è Bud?"

Amanda lo guardò. Sarà stato anche solo un fratellastro, ma lei e Greg avevano lo stesso sangue. Lui era un pezzo della sua famiglia. Amanda rilassò leggermente i muscoli tesi e gli strinse ancora la mano. "Sei tu... Stai per diventare il mio nuovo compare preferito[1]."

"Oh! Oh! Donna, sono io Bud! Il suo compare!" Greg cominciò a tirare Amanda verso la porta.

"Un momento, Amanda!" Mentre Greg la trascinava, lei si voltò verso Donna. "State dimenticando Caos."

"Cosa?" Amanda si aggrappò allo stipite della porta per evitare che Greg la portasse fuori di peso e sbattesse sul pavimento in preda all'euforia.

"Caos," ripeté Donna, come se quel nome bastasse a chiarire tutto.

Donna raggiunse la porta che dava sul retro della struttura e la aprì. Un border collie bianco e nero balzò attraverso la stanza e si mise a girare intorno a loro, dimostrandosi tanto incontrollabile quanto in quel momento lo era Greg.

Caos.

Che nome appropriato.

LE CHIAVI TINTINNARONO e i cardini scattarono quando Amanda aprì la porta principale della sua nuova casa.

Nuova casa temporanea, ricordò a se stessa.

A causa del lungo volo, a cui era seguito un lungo viaggio in auto per raggiungere quel paesino *nel bel mezzo del nulla*, Amanda era esausta. Aveva bisogno di una bella dormita per essere in grado, l'indomani, di pensare a mente lucida.

Guardò l'orologio. Le sette.

Né lei né Greg avevano cenato e già lei pensava a coricarsi. Come una vecchietta. A Miami, a quell'ora, la serata non era neanche cominciata.

Caos sfilò accanto a lei. Anche il cane doveva mangiare, probabilmente.

"Greg, tu sai come dar da mangiare a Caos?"

Non sentendo alcuna risposta, Amanda si girò verso di lui e lo vide ancora in piedi vicino all'auto. Durante il tragitto, mentre attraversavano il quartiere per arrivare all'abitazione, Greg era rimasto sospettosamente calmo e silenzioso. Il "bambino" euforico era scomparso.

"Greg?"

"Mamma è qui?"

Nonostante il buio e la distanza, Amanda vide chiaramente la tristezza e la confusione che affiorarono sul volto del ragazzo. A lei, quella domanda aveva fatto venire la pelle d'oca.

"No, Greg, la mamma è andata via. Avanti, vieni dentro. Ti preparo la cena."

"Mamma è brava a cucinare."

Amanda sospirò. Non voleva gestire quella situazione. Non faceva parte delle sue responsabilità. Era la prima volta che incontrava il fratellastro. Aveva sempre saputo della sua esistenza, ma i due vivevano in mondi completamente diversi. Nel mondo di Amanda non c'era mai stato spazio per il padre, la matrigna e il fratellastro. La madre di Amanda, Anne, si era assicurata di escluderli.

"Ehi, Bud, non sarò la migliore delle cuoche... anzi, probabilmente sono una delle peggiori. Però sono in grado di prepararti una zuppa e un toast al formaggio.

Sentirsi chiamare *Bud* sembrò tirarlo un po' su. La seguì con riluttanza dentro casa.

Amanda tastò il muro in cerca di un interruttore, visto che nell'entrata era buio pesto; quando le dita ne trovarono uno, lo spinse e si accese la luce. La casa era carina. E piccola. Ogni cosa pareva essere al proprio posto e l'ambiente aveva un aspetto molto ordinato. Nonostante Dolores, la sua matrigna, fosse deceduta più di una settimana prima, la casa sembrava piuttosto pulita.

Amanda notò subito che in giro non c'era nulla di fragile. Niente ceramiche, nessun oggetto di vetro, nemmeno un gingillo. Capì subito il perché quando sentì uno schianto. Corse verso il retro della casa.

La cucina era spaziosa e moderna, con elettrodomestici di ultima generazione, finiture in acciaio inossidabile e dei fantastici piani di lavoro in granito. Un portapentole di rame era appeso sopra l'isola centrale, attorno alla quale erano disposti degli sgabelli di legno scuro.

Al centro della bellissima cucina c'era Greg, che la guardò intimidito. "Mi dispiace."

Gli era caduta in terra la ciotola di metallo di Caos, anche se non sembrava che per il cane fosse un problema: mangiava più veloce che poteva e spazzolò a tempo di record tutti i croccantini, anche quelli finiti nei punti più inarrivabili.

"Non fa niente, Bud. Ora troviamo qualcosa da mangiare per te."

Dopo qualche minuto di ricerca nei vari armadietti, Amanda assemblò una cena veloce per Greg, poi, mentre lui mangiava, si dedicò all'esplorazione della casa. La scoprì piccola, come aveva capito fin da subito, ma molto confortevole. Tre camere da letto e due bagni su due piani.

La cucina era una delle stanze più grandi. Sul retro c'era un giardinetto lungo e stretto, adeguatamente recintato per evitare che il cane scappasse. Amanda apprezzò particolarmente la veranda, che sembrava essere stata costruita di recente vicino alla pedana che dava sul giardino.

Tornò in cucina per dare un'occhiata a Greg. Forse non avrebbe dovuto lasciarlo solo tanto a lungo... Se non altro, avrebbe fatto bene a dargli un tovagliolo. Mentre gli puliva il sugo di pomodoro dai vestiti, Amanda gli fece un piccolo interrogatorio, per capire cosa il ragazzo fosse effettivamente in grado di fare da solo.

Verso le dieci, quando Greg ebbe finito di guardare quello che descrisse come uno dei suoi programmi preferiti, lei lo accompagnò nella sua camera da letto.

"Mi sembra di capire che sei un fan del campionato automobilistico NASCAR, Greg."

"Adoro le macchine... e le corse! Da grande farò il pilota."

"Fammi indovinare... il tuo idolo è Tony Stewart."

Greg strillò, visibilmente emozionato. "Come lo sai?"

Amanda guardò in giro per la stanza: era piena di poster di Stewart, di modellini di automobili e di altri cimeli; tirò giù il copriletto, su cui c'era l'immagine del pilota. *Mmmh... Come lo sapeva?*

"Per andare a letto te la cavi da solo?"

"Sì."

"Bene. Buonanotte, Greg."

"Mandy?"

"Sì?"

"Posso avere un abbraccio?"

"Puoi scommetterci, Bud." Quel secondo abbraccio fu meno letale del primo. "Buonanotte, Greg. Ci vediamo domattina."

"Buonanotte, Mandy."

Amanda scese le scale e andò direttamente in cucina, a prendere la busta bianca che aveva lasciato sul top. Era la busta che le aveva consegnato l'avvocato. La afferrò e si diresse in veranda. Sprofondò nel morbido divanetto emettendo un gemito di stanchezza e aprì la busta. Caos la raggiunse, saltò sul divanetto e le si accucciò a fianco. Lei le accarezzò il manto setoso che gli ricopriva la schiena.

Aprì il foglio e cominciò a leggere.

Cara Amanda,

Mi dispiace non averti mai incontrata, ma ormai non posso farci nulla. Prima di tutto, voglio dirti che tuo padre ti ha voluto bene, anche se tu pensavi che non fosse così. Insieme, abbiamo vissuto una buona vita e io gliene sono grata. L'ho amato molto.

Immagino che per te sarà scioccante incontrare tuo fratello per la prima volta. Gregory è un bravo ragazzo, spero che avrai modo di rendertene conto.

Per Greg è stata dura quando tuo padre è morto di infarto, due anni fa. Per me è stata durissima. So che per Greg sarà ancora più difficile quando anch'io non ci sarò più. Lui non sa che mi hanno diagnosticato un cancro al seno; non credo che capirebbe, comunque.

Se stai leggendo questa lettera, significa che Greg ha perso entrambi i genitori. Mi auguro che nel tuo cuore troverai la forza di amarlo e aiutarlo. Sei tutto ciò che gli rimane della sua famiglia.

Per favore, sforzati di aprirgli il tuo cuore. Non sarà facile. Per molte cose, Gregory è in grado di prendersi cura di se stesso, ma ha comunque bisogno di una guida costante. Negli ultimi tempi, ho cercato di renderlo più indipendente, ma non potrà mai vivere per conto suo. Ha davvero bisogno di te. Non voglio che finisca solo, in una casa di cura.

Ora la casa è tua e riceverai ogni mese i soldi necessari per accudirlo; provengono da un conto che abbiamo aperto io e tuo padre. Dovrebbero bastare per mantenerti a Manning Grove senza dover lavorare, così da essere presente per Greg, quando lui ha bisogno di te. Se decidessi di tornare a Miami (e spero che tu non lo faccia), temo che i soldi che abbiamo messo da parte finirebbero presto.

Manning Grove è una bella cittadina, qui la gente è socievole e molti conoscono Greg. Probabilmente non basterà a convincerti, ma credo che Gregory non sarebbe felice in una grande città.

Devo aver già cominciato a blaterare...

Amanda lesse una lista di attività che Greg era in grado di svolgere da solo, seguita dall'elenco di quelle per cui invece avrebbe avuto bisogno d'aiuto. Accartocciò la lettera e la tirò via; rimbalzò su una lampada per poi atterrare sul pavimento in mezzo alla stanza.

Caos balzò giù dalla sedia, recuperò la "palla" e gliela riportò, posandogliela sulle ginocchia con una certa solennità.

Lei fulminò con lo sguardo prima il cane, poi il cartoccio umido di bava. Si sforzò di non urlare, di non scoppiare in lacrime.

Non voleva prendersi quell'impegno. Non poteva farlo. Quella donna non aveva alcun diritto di chiederle una cosa simile. Amanda non aveva mai chiesto di avere un fratello, non le era mai dispiaciuto essere figlia unica. Sua madre l'aveva viziata, non perché l'amasse, ma perché voleva poterla controllare e tenerla alla larga, quando lo riteneva necessario.

Caos le strofinò il muso sulla mano, in attesa che lei tirasse ancora la "palla".

Mentre fissava il manto bianco e nero del cane, Amanda si rese conto che ci si aspettava da lei che fosse responsabile. *Lei*, Amanda Barber! Lei che non si era mai presa cura nemmeno di un animale domestico. Nemmeno di un criceto. Di punto in bianco, si ritrovava sulle spalle la responsabilità di prendersi cura di un altro essere umano. Era un peso troppo grosso.

Non sarebbe stata all'altezza della situazione.

Si prese la testa fra le mani e crollò. Cominciò a singhiozzare e presto si ritrovò con i crampi allo stomaco, il naso tappato e arrossato e gli occhi gonfi. Tirò su con il naso, sonoramente. Caos le si era accucciato vicino ai piedi; drizzò le orecchie e alzò la testa per guardarla, come per chiederle silenziosamente quale fosse il problema.

Amanda aveva paura.

Si sentiva sola.

Nemmeno la madre avrebbe potuto o voluto aiutarla.

Quel pensiero le diede forza. Non aveva bisogno della madre, che anzi era arrabbiata con lei. Le aveva dato dell'incapace, le aveva detto che non poteva farcela.

Si sarebbe dovuta ricredere. Amanda sarebbe stata migliore di lei. Greg era suo fratello, era la sua famiglia.

Amanda si sarebbe presa cura di lui, sarebbe stata una sorella calorosa e amorevole.

O almeno ci avrebbe provato.

Stanco di aspettare, Caos si alzò accanto a lei. Amanda gli accarezzò la testa. La madre si sbagliava e lei glielo avrebbe dimostrato.

Acquistalo qui: mybook.to/Max-Italian

---

1. In inglese *Bud*, oltre a essere un nome di persona, significa appunto "amico", "compare". [NdT]

Se ti è piaciuto questo libro

Grazie per aver aver letto il mio libro! Se questa storia ti ha appassionato, per favore fallo sapere ad altre lettrici e altri lettori scrivendo una recensione sul sito dove hai acquistato il libro e/o su Goodreads. Le recensioni sono sempre bene accette e anche solo un paio di righe possono dare un grande aiuto per una scrittrice indipendente come me!

Libri disponibili in italiano

Made Maleen: Una fiaba in chiave moderna
Cicatrici

FRATELLI IN DIVISA:
Fratelli in divisa: Max (libro 1)
Fratelli in divisa: Marc (libro 2)
Fratelli in divisa: Matt (libro 3)
- Include Teddy: il capitolo finale (libro 3.5)
Fratelli in divisa: Natale dai Bryson (libro 4)

PROSSIMAMENTE NE ARRIVERANNO ALTRI!

Informazioni sull'autore

Jeanne St. James ha pubblicato per USA Today e Amazon romanzi rosa che hanno avuto successo internazionale. Ama scrivere storie d'amore incentrate su donne dal carattere forte e uomini a cui piace dominare. Scrive da quando aveva tredici anni e ad oggi ha al suo attivo quasi sessanta romanzi di ambientazione contemporanea. Le trame dei suoi libri vertono su rapporti eterosessuali, rapporti omosessuali tra uomini e *ménages à trois* in cui sono coinvolti due uomini e una donna, e hanno per protagonisti personaggi di diverse provenienze. Sotto lo pseudonimo di J.J. Masters, Jeanne scrive anche storie d'amore omosessuali di ambientazione fantasy.

Per restare aggiornati sulle frequenti uscite dei suoi nuovi lavori, collegatevi al sito www.jeannestjames.com o iscrivitevi alla newsletter:
http://www.jeannestjames.com/newslettersignup (in inglese).

www.jeannestjames.com
jeanne@jeannestjames.com

Newsletter: http://www.jeannestjames.com/
newslettersignup

Gruppo Facebook di lettrici e lettori: https://www.facebook.
com/groups/JeannesReviewCrew/
TikTok: https://www.tiktok.com/@jeannestjames

facebook.com/JeanneStJamesAuthor

amazon.com/author/jeannestjames

instagram.com/JeanneStJames

bookbub.com/authors/jeanne-st-james

goodreads.com/JeanneStJames

pinterest.com/JeanneStJames

Anche da Jeanne St. James (in inglese)

Trovate il mio ordine di lettura completo qui:

https://www.jeannestjames.com/reading-order

* Disponibile in audiolibro (inglese)

<u>LIBRI INDIVIDUALI</u>

Made Maleen: A Modern Twist on a Fairy Tale *

Damaged *

Rip Cord: The Complete Trilogy *

Everything About You (A Second Chance Gay Romance) *

Reigniting Chase (An M/M Standalone) *

Brothers in Blue Series:

Brothers in Blue: Max *

Brothers in Blue: Marc *

Brothers in Blue: Matt *

Teddy: A Brothers in Blue Novelette *

Brothers in Blue: A Bryson Family Christmas *

The Dare Ménage Series:

Double Dare *

Daring Proposal *

Dare to Be Three *

A Daring Desire *

Dare to Surrender *

A Daring Journey *

The Obsessed Novellas:

Forever Him *

Only Him *

Needing Him *

Loving Her *

Tempting Him *

Down & Dirty: Dirty Angels MC Series®:

Down & Dirty: Zak *

Down & Dirty: Jag *

Down & Dirty: Hawk *

Down & Dirty: Diesel *

Down & Dirty: Axel *

Down & Dirty: Slade *

Down & Dirty: Dawg *

Down & Dirty: Dex *

Down & Dirty: Linc *

Down & Dirty: Crow *

Crossing the Line (A DAMC/Blue Avengers MC Crossover) *

Magnum: A Dark Knights MC/Dirty Angels MC Crossover *

Crash: A Dirty Angels MC/Blood Fury MC Crossover *

In the Shadows Security Series:

Guts & Glory: Mercy *

Guts & Glory: Ryder *

Guts & Glory: Hunter *

Guts & Glory: Walker *

Guts & Glory: Steel *

Guts & Glory: Brick *

Blood & Bones: Blood Fury MC®:

Blood & Bones: Trip *

Blood & Bones: Sig *

Blood & Bones: Judge *

Blood & Bones: Deacon *

Blood & Bones: Cage *

Blood & Bones: Shade *

Blood & Bones: Rook *

Blood & Bones: Rev *

Blood & Bones: Ozzy

Blood & Bones: Dodge

Blood & Bones: Whip

Blood & Bones: Easy

Beyond the Badge: Blue Avengers MC™:

Beyond the Badge: Fletch

Beyond the Badge: Finn

Beyond the Badge: Decker

Beyond the Badge: Rez

Beyond the Badge: Crew

Beyond the Badge: Nox

<u>**IN ARRIVO!**</u>

Double D Ranch (An MMF Ménage Series)

Dirty Angels MC®: The Next Generation

SCRIVERE COME J.J. MASTERS:

The Royal Alpha Series

(A gay mpreg shifter series)

The Selkie Prince's Fated Mate *

The Selkie Prince & His Omega Guard *

The Selkie Prince's Unexpected Omega *

The Selkie Prince's Forbidden Mate *

The Selkie Prince's Secret Baby *

9 781954 684409